予断捜査

麻野　涼
Asano Ryo

文芸社文庫

目次

プロローグ　探偵社

　授業を終えると、女性は千代田区大手町にあるギャラント総合探偵社を訪れた。探偵社はインターネットでも調べたが、テレビでよくその社名を目にしていた。行方不明者の捜索や、音信不通になっている親戚、友人、知人の現在の所在先を突きとめるのに定評のある探偵社だった。

　女性にはどうしても会いたい男性がいた。存命なのか、死亡しているのかも不明だ。生きているのなら直接会って確かめたいことがあるのだ。

　ヴァレンチノのロングダウンジャケットをはおり、その下にはやはりヴァレンチノの白のヘビーレースウェットシャツに、デニムのパンツを穿いている。それだけで二百万円を超えている。

　あらかじめ調査にかかるおよその費用はホームページで調べてある。学生に負担できる金額ではない。特に着飾っているわけではなく、ヴァレンチノが気に入っているだけなのだが、ヴァレンチノのバックパックにはその日の授業の教科書二冊とノート、それに封筒に入れられた銀行で下ろしたばかりの百万円が納められている。

　いくら費用がかかっても所在先を突きとめてほしい人間がいるのだ。数百万円くらいの現金ならすぐに用意できる。費用が負担できないと判断されて、依頼を断られても困るのだ。

大手町の官庁街の近くのビルにギャラント総合探偵社はあった。雑居ビルの三階、四階のフロアがオフィスで、三階に受付があった。ドアを開けると、病院の新患受付のようにカウンター越しに受付が対応している。

女性は「人捜しの相談なのですが……」と言うと、受付はバインダーに一枚書類を挟み込み、「これにご記入の上、三号室でお待ちください」とだけ答えた。

女性はバインダーを受け取り三号室に入った。窓からは立ち並ぶ高層ビル群の威圧的な風景が目に飛び込んでくる。その日は穏やかな日差しで暖かい一日だったが、日が落ちる頃になると温度は急激に下がり風も出てきた。行き交う人もコートの襟を立てて、足早に去っていくのが見える。

部屋の中央にスティール製の机があって、向き合うように椅子が置かれている。部屋の隅に置かれたコートハンガーにコートをかけた。女性は窓を背にして座り、名前や住所、電話番号を書き込み、相談内容について簡単に記した。

間もなく控えめにドアをノックする音がして、四十代の女性が部屋に入ってきた。依頼人の女性の前に座り、「調査員　大山静子」という名刺を女性に差し出した。女性はバインダーを大山に渡した。

大山は記載事項に目を通しながら、さりげなく女性の身なりに視線を向けている。ヴァレンチノでコーディネートされているのはすぐに気づいたのだろう。

「学生さんなんですね」

学生なのに高価なファッションに身を包んでいることを奇異に思ったのか、あるいは風俗嬢だと思ったのか、バインダーを机の上に置くと、女性の顔を正視しながら大山が確かめるように聞いた。

「それで探し当てたいという方とあなたのご関係はどのようなものなのでしょうか。それと探す目的を差し支えなければご説明いただけますか。その上でお引き受けできるかどうか検討させていただきたいと思います」

高級ブランドに身を包んで登校する女子大生もいる。親がよほどの資産家でもなければ、水商売のアルバイトをしているか、あるいは風俗で稼いでいるかのどちらかだ。大山は依頼人をそうした女子大生の一人と思っているのかもしれない。

水商売、風俗営業のトラブルで人捜しをしてほしいのなら、他の探偵社をあたってほしいとでも思っているのだろうか。二人の視線が絡み合った。大山は笑みを浮かべているが、目は笑っていない。

依頼人は水商売どころかアルバイトさえしたことはない。自分がホステスに見られているのなら、その探偵社に人捜しの依頼は止めようと女性は思った。冗談ではない。

ホステスは最も嫌いな職業だ。

女性は捜し出したい人物は男性で名前と年齢を告げた。親子ほどの年齢差があった。大山から改めてその男性を探し出す目的を聞かれた。

女性はその理由を説明した。

「私の今後の人生を左右する大切な人なんです。会ってどうしても確かめたいことがあります」

大山は女性の説明をメモしながらいっさい口を挟まずに聞いていた。痴情がらみのこじれた金銭問題でもなく、未払いの飲食費の請求案件とも異なるのがわかり、安堵している様子がその表情からうかがえる。

大山が調査にかかる費用と日数について説明した。それを聞き、女性はバックパックから封筒を取り出した。

「百万円あります」

女性は封筒を女性に差し出した。

「着手金として三十万円をいただきます。今領収書を発行します」

大山が席を立とうとした。

「残りは経費として納めておきます」女性が言った。

「それでは預かり証をご用意します」大山が答えた。

女性にとっては数百万円程度の調査費なら、親に頼まなくても自分で用意できる。それが大山にもわかったのかもしれない。あるいはそのくらいの調査費を使ってでも、捜しあてたい人物だというのが、大山にも理解できたのだろう。

大山は一度退席し、すぐに着手金の領収書と預かり証を持って戻ってきた。

「進行状況は逐次ご報告するようにします」

「では、よろしくお願いします」

女性はコートハンガーからダウンコートをはおり、地下鉄駅に向かった。

1　惨殺現場

M消防署に出動指令が出たのは、ゴールデンウィークを目前に控えた四月二十八日深夜の午前一時五分だった。近隣住民から複数の通報があり、火災発生現場はN町。通報内容は具体的で、N町の椎名宅が燃えているというものだった。

N町のほとんどが椎名家所有の土地といわれるほど、東京都M市では有名な地主だ。日本が高度成長期を迎え、本格的な開発が始まる前まではJRのM駅から椎名宅までが自分の土地だったと語り継がれているくらいだ。敷地の中央に鉄筋二階建ての家が建ち、周囲は広大な庭園で、延焼は免れるだろうと消防士長は反射的に思った。さいわいに夕方から激しい雨が降り続いている。風はない。

消防車は椎名宅の門をくぐり、そこからまっすぐ伸びているアプローチを突き進んだ。一階の窓から炎が噴き出ている。二階に燃え広がるのも時間の問題だ。到着と同時に複数の消防車から一斉に放水が始まった。

消防士長は家の周囲に火災から避難した住人が誰もいないことに気づいた。家屋はかなりの床面積がありそうだ。一瞬にして一階が炎に包まれたとは思えない。どの部屋から火災が発生したのかは不明だが、避難する余裕はあったと思われる。ゴールデンウィークを前に旅行に出かけ、全員不在の可能性も考えられる。

　玄関ドアを打ち破り、そこから放水し、炎が噴き出る窓からも大量の水が注がれた。瞬く間に炎は弱まり、白煙が窓から上がる。それでも放水は続けられた。やがてその白煙も治まり、周囲には焼け焦げた臭いが充満した。

　鎮火すると焼けた家の中に居住者がいないのか、捜索が行われた。一階は玄関からまっすぐに廊下が伸びていて突き当たりがキッチンだ。廊下の両側に部屋が二室ずつ並び、四部屋あった。

　右側の二室は寝室のようで、それぞれの部屋にベッドが置かれていた。ベッドとはっきりわかったわけではないが、焼け残ったベッドフレームの上に毛布やシーツ、寝具が残されていた。おそらく夫婦の寝室だろう。左側の部屋は応接室と書斎だった。出火元はどうやら書斎のようで、部屋の中央の床におびただしい冊数の本がまるで焚火をするように集められたらしく、何冊かの本の表紙が燃え残っていた。

　消防士長は放火の疑いがあると思った。

「隊長、来てください」

　二階から部下の呼ぶ声がした。応接室と書斎の間に二階に上がる階段が設けられている。手すりは焼け落ちていたが、階段そのものはそのまま残されていた。夫婦の寝室の二階部分はベランダに、応接室と書斎の真上が部屋になっていた。

消防士長が二階に上がると、奥の部屋のドアの前で若い消防士が呆然と立ちすくんでいた。

「ここです」

ヘルメットライトが部屋の内部を映し出していた。壁や天井は煙の煤で真っ黒に汚れていた。しかし、二階にまで火は回っていなかったが、放水が行われている。部屋は水浸しだ。消防士長のヘルメットライトが加わり、より鮮明に部屋の様子が浮かび上がる。

ドアの真ん前にうつ伏せになって女性が倒れていた。ガウンをはおっている。生死を確認するために抱き起こそうとした。腹部、胸部が真っ赤に染まっていた。消防士長は女性を元の位置にそのまま戻した。首に手をあてたが、脈は確認できなかった。

「待機している警官を呼べ、それと救急隊だ」

消防士が階段を駆け下りてM警察を呼びに走った。

ベッドの脇に上半身裸の男性がやはりうつ伏せで倒れていた。背中一面に鋭い刃物の刺し傷が残っていた。どの傷もVの字で、出刃包丁で刺した傷のように見える。男性の腕を取り、脈を確認したが無駄だった。

ベッドには若い女性がパジャマ姿で横になっている。左手がベッドの外に投げ出されていて、手首がぱっくりと口を開けている。ヘルメットライトが滲み出す血と肉を照らした。

　消防士長には女性の左手が微かに動いたように感じられた。

「大丈夫か」大声を張り上げた。

　若い女性が重そうに瞼を上げようとした。

「しっかりしろ。病院に搬送するからな」

　その時、救急隊が三つの担架を運びながら、警察官と一緒に二階に駆け上がってきた。救急隊員が床に倒れている二人の死亡を確認した。ベッドの上の女性はまだ生存している。救急隊員は開いている左手首をその場で止血し、女性を担架に乗せ、階段を慎重に下りていった。

　すぐに救急車のサイレンの音が鳴り響いた。近くの救急病院に搬送された。二人の遺体はそのままの状態で置かれ、消防隊の現場検証も一時中断せざるをえなかった。

　椎名家の火災現場は、一転して殺人現場に変わった。


　午前二時三十分、M警察署刑事課に殺人事件発生の連絡が入り、丹下勇警部補と横溝博和巡査部長がN町の椎名宅に向かった。すでに消火作業は終えていたが、家の周囲は点滅する非常灯と、焼け焦げた異臭に包まれていた。

　椎名家の門の周辺では傘を差しながら近隣住民がなりゆきを見守っている。

「夜中だというのに野次馬がこんなに集まってくるなんて……」

横溝刑事が忌々しそうに吐き捨てた。

殺人事件で犯人がまだ近くにいるとわかれば、野次馬は集まらない。強盗事件、傷害事件、窃盗事件が近所で発生し、「助けて」あるいは「泥棒だ」と叫んでも、救助には誰も来てくれないし、野次馬も集まってこない。

素早く人を集めて助けを求める方法は、実際に起きている事件とは関係なく「火事だ」と叫ぶことだ。火事は自分の身にも危険が及ぶ。火元を確認するために家の外に飛び出してくるからだ。

自分の身に迫る危険には敏感で神経質だが、他人の身に起きることには関心がないというのが昨今の世相なのだろう。当然、警察の捜査にも非協力的な人が増える。年々そうした人間が増えていっているように、丹下には思える。

すでに規制線が張られ、野次馬は椎名家には近づけないようになっていたが、多くの住民がスマホを掲げて事態のなりゆきを撮影している。おそらく野次馬の撮影した映像が、ワイドショーに流れることになるだろう。

三年前、東日本大震災が発生した。押し寄せる津波に約二万人もの命が奪われた。津波にのまれていく命を目の当たりにして多くの日本人が涙した。しばらくすると復興に少しでも協力しようとボランティアが殺到した。

それなのに椎名宅周辺に集まっている野次馬は傘を差し、ほとんどの者が野球でも観戦するような面持ちで様子を見ているのだ。いったいこの落差をどう考えたらいいのだろうか。他人に起きた残虐で不幸な出来事にはまるで蜜に群がるアリのように野次馬が集まってくる。人の不幸は蜜の味と言わんばかりに、自分とは関係ないと思った瞬間から、非情な行動を平然と取ることができるようだ。

丹下はもう何度もこうした光景を見てきたし、多くの殺人現場も踏んできた。しかし、時には笑みさえ浮かべてスマホで撮影している野次馬には言いようのない嫌悪感を今でも覚える。

玄関の前でパトカーから降りて火災現場に向かった。

その様子を四十代半ばの男性がパジャマ姿で撮影している。

「よかったなあ、燃えたのが人の家で」

思わず一人呟いた。その夜も野次馬に胃液がこみ上げてくるような不快な思いを抱いた。

燃えた家の一階は消防署員が現場検証を進めていたが、二階は殺人事件現場であり、消防署員はM警察署刑事課、鑑識課の捜査がすむのを待つしかなかった。

丹下らが家に入ると、消火に使った水が焼け残った床や焼け落ちた壁から蒸発し、家の中は異常に湿度が高くなっていた。サーチライトが持ち込まれていて、一階、二階の内部の様子が鮮明に見て取れる。

　二階の部屋も放水した水に浸かってはいるものの、火が回っていないので現場はそのまま残されている。二部屋あるが階段を上がりきった左側の部屋はベッドも机、クローゼットもそのままで何も乱れている様子はない。右側の部屋が殺人現場で、ドア付近に年配の女性がうつ伏せに倒れ、その先にはベッドから転げ落ちたような格好で、やはりうつ伏せになっている男性がいた。

　ベッドの上には若い女性が左手首から血を滲ませて横たわっていたようだが、まだ生きていることが確認され、救急隊の手によって救急病院に搬送され、手当てを受けている。

　鑑識課が倒れている二人、そして部屋の様子を撮影し、二人の遺体の状況をつぶさに観察している。

　女性の腹部に一ヶ所、胸部に一ヶ所、ガウンの上から刺したと思われ、ガウンに血が広がっていた。しかし、女性の首には内出血のような痕が確認できる。考えられる死因は、扼殺《やくさつ》かあるいは腹部、胸部の刺し傷が致命傷になったかだ。詳しい死因は司法解剖の結果を待つしかない。よほど苦しかったとみえて、顔は苦悶の表情を浮かべたままで、唇をかみしめゆがんでいるようにも見える。

　ベッドの手前でうつ伏せに倒れていた男性の姿は異様としかいいようがなかった。

上半身裸で、下半身はズボンのベルトが緩められていて、パンツが見えるところまでずり落ちていた。

　背中の刺し傷はいくつあるかわからないほどで、いずれも深く差し込まれているのがわかる。どれもVの字の傷痕が残っている。おそらく馬乗りになって上から何度も刃物を振り下ろしたのだろう。そうでなければ傷から中の肉が背中に飛び出してくるような傷痕にはならない。

　いくら鋭利な刃物であっても、かなり刃こぼれを起こしているだろう。二人を刺し殺すために使った刃物は、その部屋には残されていなかった。しかし、ベッドに横たわっていた女性の手首を切ったと思われるカッターナイフは枕元に置かれていた。

　カッターナイフの刃が五、六センチほど突き出た格好で、取手の部分にも刃の部分にも血のりが残っていた。ベッドのシーツは手首から噴き出た血がしみ込み、放水のためにシーツ全体に広がっていた。


　夜が明ける頃、鑑識課、そして消防署員による現場検証が終了した。

　死んでいた男性は椎名健一、五十四歳、女性の方はその妻凛々子で四十四歳だった。ベッドで左手首を切って横たわっていたのは、長女奈々子二十六歳で、奈々子は病院に搬送され、懸命の治療が施されたが、結局二十八日午前六時四十三分に死亡が確認された。奈々子の死因は失血死だった。

火元は一階の書斎と断定された。突発的に起きた殺人事件ではないかと思われた。犯人は証拠隠滅を図るために火を放ったが、椎名家は全室エアコンを使用し、灯油などいっさい使用していなかった。犯人の目に留まったのが、椎名健一の書斎にあった多数の書籍だったのだろう。

椎名はW大学国際教養学部の学部長だ。犯人は書架から本を引き抜き、書斎の中央に並べ、火を放ったと思われる。書斎が他の部屋よりも激しく燃えていた。計画的であればガス栓を開くなり、ガス管からホースを外すなどして、燃えるような細工をするものだが、犯人はそれもしていない。

慌てていたのだろう。しかし、二人を刺した刃物には大量の血がこびりついている。そんなものを持ち歩くのは危険と判断したのだろう。椎名健一、そして凛々子を刺したと思われる刃渡り十八センチの出刃包丁が書斎から発見された。柄の部分はすべて燃え落ちていたが、いたるところに刃こぼれが見られた。

奈々子は自殺なのか、あるいは何者かによって、自殺と見せかけて殺されたのかは不明だが、椎名健一、凛々子の死因は他殺と断定された。三人の遺体はM市にあるK大学医学部付属病院に送られ司法解剖に回された。

椎名家にはもう一人次女の真美子がいるが、真美子の所在は確認されていない。事件に巻き込まれている可能性も考えられる。M警察署は夜が明けるのと当時に近隣住民からも聞き込みを開始したが、真美子の所在先を知る者はいなかった。

　しかし、一家三人が同じ部屋で殺害された可能性があると知ったテレビ局各社は昼のニュースで報道した。案の定、野次馬が撮影したと思われる火災の映像が流れ、その後に背中をメッタ刺しにされた椎名健一、腹部、胸部を刺された上に扼殺されたと思われる妻の凛々子、そして、今のところ自殺か他殺か判明していないが、搬送先で死亡した長女の奈々子の三人が死亡し、犯人は家に火を放って逃走したとキャスターが伝えた。

　W大学のHPに掲載されている椎名健一の写真だけがテレビに流れた。

　M警察署内三階の大会議室に椎名一家殺人事件の捜査本部が設置された。警視庁から三十人の捜査員、さらにM警察署から六人、総勢三十六人の刑事で、事件解決にあたることになる。捜査本部長に任命されたのは駒川壮太警視だ。

「マスコミというのは、見る悪魔ですね」

　横溝が丹下に話しかけてくる。捜査本部が置かれた会議室に続々と捜査員が集まってくるが、事件現場とM警察署前にも報道陣が集結している。

　広報係がマスコミに提供した情報は、椎名家から発生した火災は放火事件と思われること、そして椎名健一、凛々子の二人が何者かによって惨殺され、もう一人長女の奈々子も手首を切っている。奈々子は病院に搬送されたが、搬送先の病院で死亡した。流れている情報は、これくらいだが、いずれ死んでいた時の状況が広報係から伝えられれば、興味本位のニュースや記事が流れるだろう。

所在先が不明だった椎名家次女の真美子から、正午前にM警察署に連絡が入った。

「今、テレビで見て電話をかけています」

二十七日の午後の便で、真美子は友人と札幌に来ていた。一泊目は市内のホテルに宿泊し、ホテルのロビーにあるテレビで午前十一時半からのニュースを見て、事件を知ったようだ。

「今、新千歳空港に向かっていますが、両親と姉が亡くなったというのは事実なのですか」

真美子からの電話を取ったのは丹下だった。

「大変痛ましい事件が起きてしまいました」

真美子は絶句した。しばらく重い沈黙が続いたが、絞り出すような声で真美子が聞いた。

「両親、姉は今どうしているのでしょうか」

「司法解剖のためにK大学医学部付属病院に搬送されていますが、夕方までには終了すると思います」

司法解剖が終わっても、焼け落ちた自宅に戻るわけにはいかない。

「これから葬儀場の手配をしますが、それまでは病院の方に安置してもらうことは可能でしょうか」

「そのように言っておきます」

電話はそれで切れた。

捜査本部の会議は午後二時から開かれることになった。

大会議室には三人が着席できる会議用デスクと椅子が三列に並べられ、前方には会議用デスクが一つ、椅子が三つ並んでいる。

捜査員が大会議室に集まり、前から順に座っていく。丹下、横溝は前列から三番目の中央の机に二人で座った。二時になると、駒川捜査本部長と竹沢武志M警察署署長の二人が部屋に入ってきた。捜査員は全員起立し、二人に敬礼した。

最前列に置かれた会議用デスクに二人が着席した。起立した捜査員も着席する。

駒川捜査本部長が立ち上がり訓示を述べた。駒川は五十代前半で、丹下とほぼ同じくらいの年齢に見える。

「M市N町の閑静な住宅街で、五十代と四十代の夫婦が殺された。その長女が不審な死を遂げていた。都民の生命を守り、治安を維持するためにも事件の早期解決、一刻も早い犯人逮捕に向けて、捜査員の総力を挙げて取り組んでもらいたい。現時点での事件の具体的な事実については、M警察署の丹下警部補から説明してもらう」

椎名健一、凛々子の二人が何者かによって殺害されたという事実が確定しただけで、それ以外は何も判明していない。駒川は話している間、位置が気になるのか眼鏡を何度もかけ直した。神経質そうな印象を受ける。

丹下がおもむろに立ち上がり、最前列に出て、捜査員に向かって説明を始めた。

「現場は新興住宅街の一角にありますが、椎名家はかなりの土地を所有し、家の周囲は堅牢な御影石の塀で囲まれています。門には特別に鉄扉なども なく、門柱から真っすぐアプローチが延びていて、およそ五十メートル入ったところに鉄筋コンクリート二階建ての家屋があります。塀のすぐ横は一般道で、道を挟んで一戸建ての分譲住宅が並んでいるといった住宅街です」

家を取り囲む塀は一メートル五十センチほどの高さで、塀を一周するように走る一般道からは、椎名家の各階の窓が見える。

「M消防署に火災発生の通報があったのが、本日二十八日深夜の午前一時五分過ぎで、近隣住民からだけではなく、通行人から複数の通報が入っています」

そのためかM消防署の消防車は通報から十分後には現場に到着していた。すぐに消火活動に着手し、午前二時十分頃には鎮火している。

「消防署員によると、現場に到着した時も、住人が火災から避難した様子はなく、一階、二階からも助けを求める声は確認されていません」

　鎮火後、消防署員が家の中に入り、生存者の捜索をしたところ、二階の部屋に三人が倒れているのを発見。

「救急隊はその場で椎名健一、凛々子の死亡を確認。一方、長女は生存反応があり、近くの救急病院に搬送されましたが、午前六時四十三分、意識を回復することなく死亡しました」

　丹下はM警察署から現場に急行している。すでに奈々子は病院に搬送され、部屋にはいなかったが、椎名健一、凛々子の死体を直接確認している。その状況を丹下は詳細に説明した。

「二人の正式な死因は、司法解剖の結果を待つしかありませんが、椎名健一の死因は、心臓、肺、肝臓に達しているのではないかと思われる深い傷で、Vの字の傷跡が無数に残され、強い怨恨を感じさせるものでした」

　椎名健一は上半身裸で、ズボンはパンツが見える位置までずり落ちていた。

　ドア付近に凛々子はうつ伏せに倒れ、腹部、胸部に鋭い刃物で刺された痕が残り、ガウンは血にまみれていた。ガウンが邪魔をして、刺し傷は致命傷にはならなかったのではないか。凛々子の首には内出血が見られることから扼殺された可能性が考えられる。

「ベッドで倒れていた奈々子ですが、直接奈々子を確認した消防士、救急隊員によると、左手首をカッターナイフで相当深く切り込んだらしく、発見時にはすでに意識はなかったようです。枕元には血に染まったカッターナイフが置かれていたのが確認されています」

救急隊によって救命救急措置が施されたが、結局奈々子は死亡した。遺体はそのまま司法解剖に回された。

「三人の司法解剖はあと数時間後には終わると聞いています。椎名夫婦には次女がいて、札幌を旅行中でしたが、テレビニュースで事件を知り、現在、札幌から急遽《きゅうきょ》戻ってきている最中です。私から報告すべきことは今のところ以上です」

捜査本部の会議が終了するのと同時にK大学医学部付属病院から連絡があり、司法解剖が終了したと告げられた。

正式な報告書提出はさらに時間がかかるが、結論だけを先に伝えるというものだった。

それによると椎名健一の死因は背中に十八ヶ所の刺し傷があり、どの傷も八センチから十七センチの深さに達し、心臓にまで達する深い傷二ヶ所、左右の肺にそれぞれ一ヶ所、肝臓に一ヶ所、すべてが致命傷になる傷と判断され、被害者は即死状態だった。

背後から襲われているが、椎名健一は犯人と争った形跡は見られず、防御創も何一つとして発見されていない。最初の一突きで死亡していた可能性も考えられる。血液一〇〇ミリリットル中、二一〇ミリグラムのアルコールが検出され、椎名は泥酔状態だったと推測される。

妻の凛々子は扼殺だった。死因は頸部圧迫による窒息死だ。典型的な扼殺死の特徴を示している。右側頸部に親指頭面大の淡青藍色変色が確認されている。加害者が凛々子を扼殺する際、右手親指の圧迫によって生じた皮下出血と判断される。同様のものが左側頸部にも三ヶ所見られる。

また頸部の左右には爪を突き立てたような痕が三ヶ所ずつ確認された。これらの傷は凛々子が左右の人差し指、中指、薬指を、首を絞めようとする犯人の手の間に割り込ませ、払いのけようとした時に付いた防御創と思われた。

さらに右側頸部の皮下出血の下部にも爪が食い込んだ痕が見られた。これも犯人の右親指を取り外そうとした際に、凛々子の右親指で首を傷つけた防御創だと思われる。その防御創だけには微かな出血が確認された。

凛々子のすべての指と爪の間からは、皮膚片が採取されている。殺されると危険を察知した凛々子が、抵抗した際に加害者の体の一部をひっかいた時に爪の間に残されたものだと推測される。

しかし、凛々子の右手親指からは犯人のものと推定される皮膚片が採取されたが、付着していても不自然ではない右頸部の防御創の血液は検出されなかった。

胸部、腹部にそれぞれ一ヶ所の刺し傷があるが、いずれも深さ三センチ程度で致命傷とはなっていない。

二人の鼻腔、気管支、肺には火災の際に発生した煤煙が吸い込まれた形跡はまったく見られない。つまり放火された時には、すでに椎名健一、凛々子は死亡していたと見られる。

犯行時刻は、胃の残留物の消化状態から判断すると二十七日午後八時から二十八日午前一時の間と推定できる。

長女奈々子の死因は失血死で、左手首の傷は深さ三センチ、骨にまで達するほど深かった。発見が早ければ助かった可能性もあるが、発見の遅れ、そして大量の出血が致命傷となった。

奈々子が自ら手首を切ったのか、あるいは他殺なのか、それを示すものは司法解剖の結果から判別するのは困難としていた。しかし、これまでの経験から、骨にまで達するほど深く手首を切るケースはそれほど多くはないと司法解剖医は所見を記述していた。

さらに奈々子の血液からは大量の睡眠薬の成分が検出されている。意識が混濁していた可能性が濃厚だとしていた。

奈々子の鼻腔、気管支、肺には微量の煤煙が検出され、火災発生時にはまだ生きていたことをうかがわせる。しかし、火の手が迫ってくるのを認識できるほどの意識はなく、あったとしても大量の出血で避難することは到底不可能だったという結論が導き出されていた。

三人の司法解剖を担当したのは、高橋覚教授だった。高橋教授は椎名凛々子の首に残されていた防御創には疑問が残るとし、その分析、解明にはさらに数日から数週間の時間が必要だと付記されていた。

2　遺族

　椎名真美子は専門学校を卒業すると、東京都小金井市にある医療法人信和会武蔵小金井総合病院で医療事務の仕事に就いた。自宅から車で三十分もかからない。祖父が医師であり病院を経営していた。その祖父は高齢を理由に一線を退き、その病院を医療法人信和会が引き継いだ。祖父は二年前に亡くなっている。父親の椎名健一は医師にならずに学者の道を選択した。

　医療法人信和会の理事長は、真美子を子供の頃から知っていて医療事務スタッフとして採用したのだ。武蔵小金井総合病院に勤務してから五年目を迎えた。なかなか自由に休みが取れずに、ようやく二十七日から一週間継続して休みを取ることができたのだ。仲のいい看護師二人と札幌、小樽、函館を四泊五日で回る旅行に出発したのは、二十七日の午後の便だった。看護師の二人が夜勤明けで、午前中の便にはどうしても間に合わずに午後の便になってしまったのだ。

　真美子は給料のすべてを自分の小遣いに使うことができるが、二人の看護師はそういうわけにはいかない。少しでも安いツアーで行こうということになり、午後の便に乗ることになったのだ。

一泊目は札幌市内のホテルに宿泊した。豪華なジンギスカン料理を堪能することができた。夜勤明けの二人のこともあり、その晩は早めに自分の部屋に戻り、翌朝午前九時にロビーに集まることにした。二日目は小樽市内のホテルに宿泊するスケジュールになっている。チェックアウトをすませ、三人はホテルの近くにある時計台付近を散歩して戻ってきたばかりだった。東京は雨が降っているようだが、札幌は快晴で穏やかな天気だった。

ロビーで少し休憩し、ガイドブックを広げて夜小樽で食べる市内の寿司店を探していた。ホテルのロビーの隅には大型の液晶テレビが置かれ、ニュースを流していた。

「東京M市の住宅街で一家が惨殺されるという放火殺人事件が発生しました」

女性キャスターが伝えた。見覚えのある通りが映り、二階造りの家の窓から激しく炎が噴き出している。

「やばいよ、これはやばいよ」

撮影者の声が映像に流れる。映像は近所の二階から撮影されていた。燃えている家の映像は自分の家だと、真美子にはすぐにわかった。同行している二人の看護師も、何度も真美子の家を訪れている。燃えているのが真美子の家だとわかり言葉を失っている。

女性キャスターが続ける。

消火後、家の中から椎名健一さん、妻の凛々子さんが鋭利な刃物で刺され遺体で発見され、M警察署は殺人事件と断定し、捜査本部を設置し、事件の究明にあたると、ニュース原稿を読み上げていた。

「もう一人長女の奈々子さんは搬送先の病院で死亡が確認されました」

真美子は高熱にうなされる患者のように体を震わせ始め、顔色は血の気を失い、蝋のように白かった。二人の看護師は真美子をソファに座らせた。救急外来の患者の対応にもあたる二人の看護師は、動揺することもなく冷静に真美子のケアにあたった。一人がロビーの片隅にある自動販売機で冷たい水を購入してきた。一人が真美子の手首を握り、脈拍を数えている。

ペットボトルのキャップを取ると、「飲んで」と真美子に渡した。真美子が一口飲んだだけでペットボトルを返そうとすると、「もう少し飲んで」と言った。冷たい水が薄れていく意識を引き留め、覚醒させてくれる。

「すぐに帰った方がいいわね」

三人の中ではいちばん年上の看護師が言った。

真美子はフロントに行き、預けたばかりの荷物を出してもらった。

「空港まで送るわ」

真美子と同期の看護師が言った。

「私なら大丈夫。二人は旅行を楽しんで」

見送りを断った。二人の好意はうれしかったが、二人と冷静に会話できるような心境ではなかった。

真美子は二人を残して、ホテルの前に待機していたタクシーに乗り込んだ。

タクシーに乗ると同時に、真美子はM警察署に電話を入れた。丹下というM警察署の刑事が対応してくれた。三人が死んだのは報道の通り事実のようだ。スマホで検索しニュースを見てみた。両親、姉の名前がすでに掲載され、死亡は紛れもない事実のようだ。

両親、姉を同時に失った。貧血で倒れる寸前だったからこそ看護師二人がソファに座らせ、冷たい水を勧めてくれたのだ。しかし、実感が湧いてこない。悲しいとも感じない。だから涙も流れてはこない。

新千歳空港に着くと、羽田に戻るチケットを購入した。さいわいにも次の便に空席があった。搭乗時間までの間を使って葬儀社に連絡を入れ、葬儀の手配をするように依頼した。病院に勤務し、亡くなった患者家族から葬儀社、葬儀場の問い合わせを受けることもある。携帯電話にはその番号が登録されている。

羽田空港に戻ると、そこからタクシーでK大学医学部付属病院に直行した。羽田空港に戻ったことを丹下刑事に告げると、丹下もK大学医学部付属病院に向かうと言った。

すでに日は落ちて診療時間も終了していた。K大学医学部付属病院の一階受付も会計も、すべて閉まっていた。会計の前にいくつもの長椅子が置かれていたが、入院している患者と見舞客らしき人が数組談笑しているだけだった。

隅の方の椅子に座っていた二人の男性が、キャスター付きのキャリーバッグを重そうに引きながら入ってきた真美子を見て立ち上がった。二人が真美子に近づいてくる。真美子は着替えを運んできた見舞客にも、そしてこれから入院する患者にも見えなかったのだろう。

五十代と思われる男性が真美子に声をかけてきた。

「椎名真美子さんですね」

真美子は無言のまま頷く。

声をかけてきたのが丹下刑事だった。

「これからお連れしたいと思いますが……」

丹下は言葉を濁した。両親、姉は直視に堪えないほど傷ついているのかもしれないと反射的に思った。

「私、病院に勤務しています。ご遺体に接する機会も多々あります」

嘘ではないが、真実でもない。患者が亡くなり、病院から直接葬儀会場に運ばれる遺体は多い。遺族から葬儀社への連絡を依頼されることも時にはある。

丹下刑事は両親、姉がどのような状況で発見されたのかを説明してくれた。

病院の遺体安置室は地下二階にあり、丹下が先頭に立った。もう一人、若い方の刑事は横溝と名乗り、二人は椎名一家殺人事件の捜査にあるたようだ。

地下二階までエレベーターで下りると、空気が冷たくそして淀んでいるように感じられる。真美子が勤務する武蔵小金井総合病院の遺体安置室は地下一階にある。しかし、真美子が安置室に入ったのは、これまでに二度しかなかった。

エレベーターを降りて、廊下を右手に進んでいくと、関係者以外立ち入り禁止と書かれたスタンドが立っていた。その先に制服姿の警察官が一人警備にあたっていた。二人が来るのがわかると敬礼をした。

「ご遺族です」横溝が言った。

警察官が安置室のドアを開いた。

「では、よろしいですね」

丹下が確かめるように聞いた。

「はい」真美子が答えた。

遺体はストレッチャーの上に置かれていた。どの遺体にも真っ白なシーツがかけられていて、どのような刺され方をしたのか、まったくわからない。ドアからいちばん近いところに安置されていたのは、姉の奈々子だった。

奈々子は眠っているようにしか見えない。丹下に導かれるようにして、姉の顔が見えるすぐ横に立った。

「どうしちゃったのよ、奈々」

真美子は姉を奈々と、奈々子は真美子を真美と呼び合っていた。姉の頬を手で触れた。冷たく、すでに硬直していた。

「シーツを取ってもかまいませんか」真美子が聞いた。

丹下が無言で頷いた。

シーツをめくり、左腕を確認した。すでに包帯がまかれていて、手首の状態を見ることはできなかった。シーツを元に戻し、真ん中に置かれていた母親に歩み寄った。

「ママ、何があったの」

凛々子の首には包帯が巻かれていた。丹下刑事の話によれば、死因は窒息死で、何者かによって扼殺されたらしい。

苦悶する表情を真美子は想像していたが、凛々子は穏やかな顔をしていた。死後硬直が始まる前に顔の筋肉が弛緩したのかもしれない。あるいは司法解剖にあたった医師が、気を遣って苦悶の表情を和らげるような処理を施してくれたのかもしれない。首の包帯を取り除けば、そこには消しようのない扼殺の痕が残されているのだろう。

最後に対面したのは父親だった。背中から刃物で複数回刺され、心臓、肺、肝臓に達する深い傷が致命傷になったようだ。

「お父さんは犯人が誰かもわからなかったと思います。抵抗した形跡もなく、最初の一撃で死亡したと思われます」

「父は苦しまずに死ねたのですね」

父親の背中には無数の刺し傷があったようだ。苦しまないといっても、最初の一撃に顔は歪んだはずだ。それでも父親からはそうした苦悶の表情はうかがえない。

「そうですね」丹下刑事が答えた。

「誰がこんなひどいことを……」

安置室にいたのは十分程度だった。家族に対面しても、真美子は泣かなかった。悲しいという感情も湧いてこないし、怒りも感じない。蒸留水を飲まされているような心持ちなのだ。

交通事故に遭遇し、大ケガを負うと人間は体内からアドレナリンが分泌され、痛みを緩和するという話を聞いたことがある。心も耐えられないほどの苦痛に襲われると、人はいっさいの感情をマヒさせて悲しみや怒りをやり過ごそうとするのかもしれない。

安置室を出ると、それまでの足取りとは違っていた。札幌のホテルから新千歳空港、羽田からK大学医学部付属病院までは気持ちが張り詰めていたのだろう。ふらつくことなどなかった。しかし、安置室からエレベーターまでのわずかな距離も、川の流れに足をすくわれるようにふらついている。思わず壁に手をあてて、倒れるのを防いだ。

「つかまってください」

横溝刑事が肩を貸してくれた。横溝に支えられながらエレベーターに乗った。

エレベーターに最も近い一階待合室の長椅子に倒れ込むようにして座った。

「顔色がすぐれません。少し休みましょう」

丹下が横になるように勧めてくれた。張り詰めていた緊張感が途切れたのか、真美子は周囲に人がいるにもかかわらず、長椅子に身を横たえた。

どれほど横になっていただろうか。

ショルダーバッグにしまっておいた携帯電話が鳴った。体を起こして電話に出た。相手は葬儀社だった。病院の駐車場に車を止めて待機しているという。真美子は病院の待合室にいると告げた。

それから五分もすると葬儀社のスタッフが待合室にやってきた。真美子は三人の遺体は病院に安置されていると伝えた。葬儀社はすでに荼毘《だび》に付す葬儀場を確保していた。状況を伝えると三人の遺体を葬儀場に移送すると言った。

ようやく自分一人で歩けるような状態に戻った。長椅子から立ち上がった。

「大変な時に申し訳ありませんが、これからM警察署でお話しを聞かせてもらうわけにはいきませんか」

丹下刑事が言った。

「わかりました」

真美子は横溝刑事に支えられながらパトカーに乗った。

K大学医学部付属病院からM警察署まで車で十数分だった。真美子は取調室に通された。横溝刑事が温かい缶コーヒーを持って来てくれた。ホテルで朝食を食べた後、何も口にしていないことを思い出した。しかし、空腹は感じていない。

取調室は小さな部屋で、窓が一つだけしかなかった。その上換気も十分ではなかった。

真美子の正面に丹下刑事が座った。部屋の隅にもう一つ机があり、そこに横溝刑事が座り、真美子の証言をパソコンで入力するようだ。

「何故こんな悲惨な事件が起きたのか、一刻も早く犯人を逮捕したいと思っています。どうかご協力ください」

丹下刑事はすでにわかっているのだろうが、椎名家の家族構成を聞いてきた。最初に聞かれたのが父親の職業だった。W大学国際教養学部の学部長だと答えた。父親の殺され方から、強い怨みを抱く者の犯行だと思われた。父親の大学での人間関係を執《しつ》拗《よう》に尋ねられたが、真美子は父親の人間関係をまったくと言っていいほど知らなかった。

母親の凛々子から時々学内の派閥争いが熾烈《しれつ》で、父親が苦労しているという話を聞いたくらいだ。父親は次期総長を目指して支持者を懸命に集めていた。

「父親の総長就任を快く思わない教授たちも多くいると聞いていました。でも殺されるほど憎まれていたなんて、そんなことなかったと思います。だって総長は教授たちの選挙によって選ばれるわけでしょう。大学の教授がいくら父親を憎んでいても、まさか殺すなんていうことはしないと思います」

真美子は母親から聞いていた断片的な話を丹下に告げた。大学教授もただひたすら学問を追究するだけではなく経営的な資質も要求される。国際教養学部は五年前に新設された学部だが、文科系の学部では政治経済学部を抜いてW大学では最難関の学部になっていた。

国際教養学部の教授陣はW大学のOBが多く、しかもマスコミに多く登場する著名人を教授陣に据えた。そのため競争倍率は新設初年度から各学部のトップで、W大学の最難関に躍り出た。その頃から椎名健一の名前が広く知られるようになった。そうした事実も父親殺害の背景にあるのかもしれない。

「家庭でのお父さんはどんな方だったのでしょうか」

真美子は話すのを一瞬躊躇《ためら》った。

「私が話すことはすべて警察関係の人たちだけで、マスコミに漏れるということはないのでしょうか」

「もちろんそうです。あなたから聞いた話は、すべて捜査を進めるためのものです」

「わかりました」

真美子は丹下刑事の目を見つめながら言った。

「優しい父親でした」

真美子は父親と母親の出会いについて語り出した。

母親の凛々子と父親が結婚した当時、凛々子には前夫との間に生まれた長女奈々子、そして次女真美子がいた。椎名健一は初婚だったが、凛々子は再婚だった。

「母が再婚したのは私がまだ二歳の時でした。父は姉も私も、自分の子供のようにかわいがって育ててくれました」

椎名健一、凛々子との間には子供は生まれなかった。

本当の父親と凛々子がどのような理由で離婚したか真美子は知らない。わかっているのは、当時凛々子は銀座の有名クラブ、リベルティプラザのオーナーママで、医師、弁護士、学者らがよく飲みに来るバーとして知られていた。椎名健一はそこに訪れる客の一人だった。

離婚し、凛々子に子供が二人いるのを承知の上で椎名健一は結婚した。椎名健一の両親は二人の結婚に当然反対した。祖父は一線を退くまで総合病院を経営する医師でもあった。祖母もM市の資産家の一人娘だった。しかし、二人が結婚すると、祖父母は凛々子の連れ子を自分の孫のようにかわいがった。

祖父は二年前に、祖母もその一年後に死亡した。結婚を激しく反対していた祖父母が態度を軟化させた背景には、祖父母に対する凛々子のかいがいしい世話と、教授止まりだと思われていた椎名健一がW大学で出世するようになったからだ。

凛々子は一度離婚したことで再婚には慎重になっていた。結婚は椎名健一に押し切られるようにして踏み切った。凛々子には椎名との結婚にも失敗するのではないかという不安がつきまとっていた。結婚の条件に一つだけ椎名に求めたのは、リベルティプラザの経営を続けさせてもらうことだった。椎名はこの条件を了解し、二人は結婚に至ったのだ。

二人の結婚生活は今日まで続いた。もちろん夫婦喧嘩はあっただろうが、離婚に至るような大きなトラブルは何も起こらなかった。

「父は医師になって病院を継げと子供の頃から、祖父に言われ続け、それに反発して学者の道を選んだようです。自分のつらい経験があるので、姉にも私にも、自分の好きな道を選びなさいと子供の頃から、そう教育されてきました」

奈々子は成績もよくて小中高一貫校で学び、大学はW大学の教育学部に進んだ。父親は当時文学部の教授だった。文学部の受験を勧めたが、奈々子は父親に答えた。

「受験すれば受かると思うよ。でもさ、あのつまらない講義をする教授の娘だといわれる私の身にもなってみてよ」

こう言われて父親は腹をかかえて笑った。

姉と違って真美子はそれほど勉強が好きではなく、専門学校で勉強して資格を取ろうと考えた。祖父の影響もあり、専門学校では医療事務を学んだ。卒業と同時に武蔵小金井総合病院に採用された。

姉の奈々子と真美子の卒業は同じ年だった。しかし、奈々子は就職はしなかった。父親の給料だけではなく、椎名家には祖父が所有していた不動産が多く、賃貸マンション、貸しビルのテナント料が黙っていても転がり込んできた。

「お母さんはずっとリベルティプラザを経営なさっていたのですか」

丹下刑事が聞いた。

父親の給与以外にも多額の収入が一家にはあった。母親が働く必要性はまったくなかった。

「当時のことは詳しく知りませんが、大学教授の妻がいくらオーナーとはいえ店に出るのは控えた方がいいと考えて、信頼できる友人にママになってもらい、母は経営に徹していたようです。しかし、数年後には店の経営をその親友に譲ったそうです」

椎名家に金銭トラブルが起きていないか、丹下刑事はそれを知りたがっているように感じられた。再婚後、母親も、そして奈々子、真美子も経済的に困るという経験は一度もしたことがなかった。

「夫婦仲は良かったのでしょうか」

「それは夫婦だから時には喧嘩もしていたでしょうが、私たちの前では一度もそうした喧嘩を見せたことはありません」

「それでは姉の奈々子さんについて聞かせてください。いくら経済的に余裕があったとしても、優秀な大学を卒業し就職もしない、アルバイトもしない。それについてご両親は何も言わなかったのでしょうか」

「むしろ働かないで結婚に備えなさいと言っていたのは、父親の方でした」

「奈々子さんには恋人がいたのでしょうか」

「ええ、結婚の時期はまだ決まっていませんでしたが、姉には婚約者がいました」

真美子は姉の婚約者について語った。松山徹は奈々子より五つ年上で、医療法人仁清会聖純病院の皮膚科の医師だ。松山の父親はやはり医師で医療法人仁清会の理事長でもある。

仁清会の松山幸治理事長は亡くなった祖父の椎名静太郎と古くからの知り合いだったらしい。椎名に連れられて松山理事長もリベルティプラザに顔を見せ、その縁で松山徹と奈々子が見合いした。松山徹は奈々子に一目ぼれし、婚約までとんとん拍子に進んでいった。後は式をいつ、どこの式場で挙げるか、話はそこまで進んでいた。

「気の毒に……」

婚約者の松山に言ったのか、あるいは奈々子に向かってだったのか、丹下刑事が誰に言うでもなく呟いた。

「ところで奈々子さんは睡眠薬を常用していたのでしょうか」

「睡眠薬……、ですか」

真美子は改めて聞き返した。

「そうです。実はお姉さんの血液からは睡眠薬の成分が検出されています」

「私はあの家にずっと住んでいますが、姉が睡眠薬を服用していたという話は、今初めて聞きます」

簡単な睡眠導入剤であれば薬局で購入することができるが、睡眠薬は医師の処方箋がなければ購入することはできない。姉が医師の診察を受け、睡眠薬を処方してもらっていれば気がついたはずだ。

「お姉さんが最近悩み事を抱えていたということはないのでしょうか」

奈々子の死は自殺なのか、他殺なのか、現段階でははっきりしていないと、丹下刑事は説明していた。

「姉も結婚には乗り気だったし、悩み事を抱えていたようには、私には思えません」

丹下刑事は同じことを何度も繰り返して質問してきた。真美子の思い違いや忘れている記憶を呼び起こそうと、そうしているのだろうが、真美子にはしつこいというよりくどいように感じられた。

次第に真美子も苛立ち始めた。

「三人を殺した犯人はすぐに捕まるのでしょうか」

「捜査に着手したばかりです。全捜査員が椎名家周辺の家を一軒一軒回り、あの晩不審人物を見かけなかったか、聞き込みに回っている最中です。さらに周辺の防犯カメラの映像を入手してチェックしています」

事情聴取は三時間にも及んだ。

丹下刑事はその日の聴取はそこで打ち切り、翌日も聴取に協力してほしいと言った。しかし、葬儀社との打ち合わせもあるし、葬儀を終わらせるまでは悠長に聴取に応じているわけにはいかない。

「もちろん事情聴取には何を措いても協力させていただきます。でも三人の葬儀の段取りも何も進んでいません。どうかその点もご理解ください」

聴取は終わったが、家に戻っても泊まることはできない。焼け落ちた家も見たくなかった。M警察署を出ると、真美子は西新宿にあるヒルトンホテルにタクシーで向かかった。しばらくはホテル暮らしをするしかないだろう。

3　不審人物

丹下刑事は武蔵野市にある仁清会聖純病院皮膚科に勤務する松山徹医師からも、緊急に事情聴取をしなければならないと思った。椎名奈々子の死について松山は何か知っている可能性がある。松山は多摩市のマンションで一人暮らしをしていた。このマンションから松山は車で病院に出勤していたようだ。

四月二十九日に日付が変わろうとしていた。二十四時間管理人が常駐するマンションでセキュリティは厳重だった。深夜、パトカーがエントランス前に止まり、管理人が緊張した面持ちで出てきた。丹下は警察手帳を提示し、ドアを解錠させた。

管理人に松山徹の部屋番号を聞いた。松山は最上階十二階の一〇一号室に住んでいた。十二階には三室しかなく、部屋の間取りはその他の部屋と比べて広くなっているのだろう。奈々子との結婚に備えていたのかもしれない。

「松山先生ならたぶんお留守だと思います」管理人が言った。

「旅行にでも出かけたのですか」丹下が聞いた。

「いいえ、松山先生のお父さんが夕方突然訪ねて来られて、その時にも松山先生はご不在でした。松山先生がどこに出かけたか知らないかと聞かれたのですが、ご本人から何もおうかがいしていなかったもので……」

松山徹は二十七日朝、マンションを出た後、その日はマンションに戻らなかったようだ。松山の父親もおそらくテレビのニュースで、椎名家の悲報を知ったのだろう。松山徹と連絡が取れずにマンションに駆けつけたと思われる。

管理人室では松山の父親の現住所までは把握していなかった。仁清会聖純病院に問い合わせると、松山幸治理事長は調布市に住んでいることがわかった。日付はすでに二十九日に変わっていた。

国道二十号線から少し入ったところにある閑静な住宅街に、松山理事長の自宅があった。深夜にもかかわらず、明かりが煌々《こうこう》と灯っていた。門柱の前にパトカーを止め、インターホンを押した。すぐに女性の声で返事があった。

「どちらさまですか」

丹下はM警察署だと伝えた。玄関のドアが開き中から女性が走ってきた。

「入って下さい」

女性は松山徹の母親、登司子だった。

登司子は玄関を入ってすぐ右横にある応接室に丹下と横溝の二人を招き入れた。

「主人です」

登司子がソファに深々と腰を下ろして電話中の夫を差した。スーツ姿にネクタイで、帰宅してから着替えもせずに徹の行方を追っているようだ。べっ甲フレームの眼鏡をかけ、左手に受話器、右手に手帳を持っている。手帳には松山徹の行き先を知っていそうな友人の電話番号でも記されているのだろう。

松山幸治は受話器を握ったまま二人に会釈した。すぐに電話を切って「ご心配をおかけして申し訳ありません」と頭を下げた。

丹下と横溝はセンターテーブルをはさんで松山理事長と向かい合うように座った。

「椎名さんご一家の件でしょう」確認を求めるように松山理事長の方から聞いてきた。

「亡くなられた奈々子さんと、松山徹医師が婚約していたと、真美子さんから聞きました」丹下が答えた。

松山徹のマンションを訪ねたが不在で、松山理事長なら本人の所在先を知っていると思い、訪ねてきたことを横溝が説明した。

「二十七日の日曜日だが、カルテの整理などたまっている仕事を片づけた後、どこに行ったのか私どもにもわかりません。二十八日は無断で休んでいる。医師としてはあるまじき行為だ」

松山理事長は怒りを押し殺しながら言った。

それでも息子に婚約者が死亡した事実を知らせてやらなければと、自宅マンションを訪ねたり、友人、知人に電話を掛けまくったりしているが、松山徹の所在先はつかめなかった。

「まったくこんな時にいなくなるなんて、医師としての自覚に欠ける」

松山理事長は病院の総務に連休中のスケジュールも何も告げずに、自宅を不在にしていることに怒りをあらわにしていた。

「医師たるもの、自分のことよりも患者のことを常に念頭に置いて行動すべきだとあれほど言って聞かせているのに」

「そうは言っても、徹もまだ若いし、連休くらい自由に過ごしたいのでしょう」

登司子が自分の息子をかばった。

松山理事長も登司子も、徹が連休を利用して旅行にでも出かけたと思っているようだ。

松山徹と椎名奈々子の婚約について、二人は積極的で一日も早く式を挙げたいと考えていた。怨恨による殺人事件と思われるが、今回の事件を想起させるような話を聞いたことがないかを尋ねてみた。

「私も病院を経営しているからわかるのですが、小さな病院の中でも権力争いは起きます。大きな大学になればなおさらです。椎名学部長の手腕に嫉妬する教授はたくさんいたと思います。でも、まさか殺人というところまでは発展しないでしょう」

松山理事長も椎名一家惨殺事件の背景に何があるのか、思い当たる節はなさそうだ。

しかし、松山徹の行方が気にかかる。皮膚科にかかる患者が急に容体を悪くして生命の危機につながるような状態に陥ることは少ない。だからと言って携帯電話も切ってしまうというのは、松山理事長が言う通り医師としての自覚に欠けるのかもしれない。

丹下は松山徹医師と連絡がついたら、M警察署に連絡をするように依頼して松山理事長の家を離れた。

椎名一家惨殺事件はすでにテレビ各局が報道している。夕刊各紙にも大きく記事が掲載されている。松山徹が海外にでも行っていないかぎり、事件には気がつくだろう。ましてや自分の婚約者が死亡しているのだ。

M警察署に二人は戻った。椎名家の周辺を聞き込みに回っていた刑事たちも捜査本部に戻ってきた。あと数時間で夜が明ける。捜査員はM警察署の裏手に設けられた体育館に布団を敷いて仮眠を取ることになった。

四月二十九日午前八時から捜査本部で会議が開かれて、前日の捜査結果が報告された。ゴールデンウィークは二十九日から始まり三十日、五月一日、二日を休みにすれば、連続八日間の休暇になる。

大型連休前のためだったのか、椎名家の近隣住民は帰省の準備や海外旅行に出かけるもの、二十八日はそれぞれがその準備に余念がなかった。実際、捜査員が近隣住民の家を訪れると、渋滞する高速道路を避けるために二十九日午前一時にはマイカーで家を出ようとする家族もいた。また、二十九日早朝の国内便、国際便で旅行を計画している一家は、すでにベッドに入っていた。捜査員にインターホンで起こされ、「連休明けに来てください」と答える住民も少なくなかった。

さらに二十七日、二十八日は宅配便のトラックがいつもより多くN町を出入りしていた。羽田や成田空港から出発する予定の旅行客が、荷物を宅配便で前もって空港に届けておこうと宅配会社に依頼した。その荷物を受け取るために二日間は宅配会社のトラックが頻繁に椎名宅周辺の家々を訪ね回っていた。

一家の惨殺事件と関連するかどうかわからないが、いつもは見かけない人物が数人椎名家の周辺を歩いているのが目撃されている。しかし、椎名家の四方は一般道で人が歩いていても別段不思議ではない。宅配会社のドライバーを事情聴取した捜査員から、手掛かりとなるのではと思われる情報が報告された。

宅配各社の荷物をピックアップする最終時間は午後六時半から午後七時と決められている。しかし、大型連休の前とあって集荷の時間が遅れがちだった。宅配便のドライバーたちは最後の荷物をピックアップすると、近くのコンビニに入りコーヒーを買って車内で少し休憩してから営業所に戻った。

コンビニの駐車場でベンツE200スポーツが目撃されていた。ベンツの正確な車種まで何故わかったかというと、宅配ドライバーの中にベンツに乗るのを目標に仕事に精を出している者がいたからだ。

そのドライバーがベンツを見かけたのはコンビニFの駐車場だった。時間は二十七日午後七時少し前だった。その後ベンツはそこから移動したようで一時間後にはコンビニSで、午後八時半過ぎには、やはりコンビニLの駐車場でベンツが目撃されている。三ヶ所の駐車場で確認されているベンツが同一車種かどうかまでは裏が取れていなかった。しかし、どのコンビニも椎名家から半径五百メートル以内に位置することから、聞き込みをした捜査員は同一のものだと確信していた。

捜査員は会議終了後、三つのコンビニを回り、防犯カメラ映像に映ったベンツを確認することになった。いずれにせよ数時間以内にベンツの所有者は割り出せる。

近隣住民が目撃したというその他の不審人物は、身につけている衣服がそれぞれ異なっていて、特定することは不可能で、証言者の記憶も不確かだった。

しかし、その不審人物も五人とそれほど数多くはなかった。コンビニあるいは近くの商店街の防犯カメラをすべてチェックし、その人物を特定していくしか方法がない。

丹下刑事は、松山徹が海外旅行に出かけた可能性もあるとみて、法務省入国管理事務所に問い合わせた。しかし、東京都多摩市に住む松山徹が日本から出国した事実は確認できなかった。松山徹は間違いなく日本にいる。

丹下は椎名真美子を再度聴取しようと考えた。真美子の携帯電話に何度連絡しても話し中だった。葬儀の準備と両親、姉の知人、友人に告別式の日時を知らせるのに手いっぱいなのだろう。

ヒルトンホテルに直接行くしかないと、出かける準備を始めた時だった。コンビニFの防犯カメラをチェックした捜査員から本部に連絡が入った。車のナンバーからベンツの所有者が判明したのだ。持ち主は松山徹だった。残りの二ヶ所のコンビニの防犯カメラに映るベンツと同一かどうかはまだ確認されていない。しかし、距離、時間を考慮すると同一のベンツと思われる。一時間以内に車種の確認は行われるだろう。

捜査員が防犯カメラの映像を持ち帰れば、映っているベンツのドライバーが松山徹かどうかは、松山理事長かその妻、そして真美子にも確認ができるだろう。松山徹は勤務を終えた後、椎名家近くのコンビニを転々としながら、少なくとも午後九時くらいまでは椎名家の周辺をうろついていたことになる。

コンビニFの防犯カメラの映像がコピーされ、捜査本部にメールで送られてきた。その映像から駐車場に止められたベンツ、ドライバーがベンツから降りて店内に入るところ、店内での様子を三点の写真にプリントし、丹下刑事は再び松山理事長の家を訪ねることにした。

松山理事長は自宅に引きこもり、相変わらず松山徹の居場所を知っていそうな人間に電話をかけまくっていた。昨晩と同じ応接室に通された。

三点の写真を見せると、ベンツは確かに松山徹のもので、映っている人物も間違いなく松山徹本人だと認めた。

「場所はどこですか」

松山理事長は写真を戻しながら丹下に尋ねた。しかし、捜査情報はいっさい答えられない。

「見たところ椎名さんの家の近くのコンビニのようだが」

「ご結婚に向けて何か打ち合わせでもあったのでしょうか」

丹下刑事はそれとなく聞いてみた。椎名家には広い敷地があり、車を止めるスペースは十分にある。コンビニの駐車場を利用する必要はない。

松山理事長は無言のまま首を横に大きく振った。丹下の目は昨晩と違って疑いを帯びている。それを感じたのだろう。

「まさかこの事件に、徹が関与しているなどということはないでしょうね」

松山理事長の言葉には微かな怯えが滲んでいる。丹下は何も気づいてないふりをして質問を続けた。

「息子さんとはまだ何も連絡が取れていないのでしょうか」

「昨晩から一睡もしないで電話をかけまくっているが、誰も息子の居場所を知らないのだ。自分の子供ながら情けない。皮膚科の医師にさせておいてよかった」

内科、外科、小児科などは些細な診療ミスでも生命の危機にさらされる。その点、皮膚科の患者はすぐに生命の危機に直結するような事態にはなりにくい。それで松山理事長は徹を皮膚科の医師にさせたのだろう。

「大変恐縮ですが、息子さんのマンションを理事長立ち合いの上で、部屋の内部を確認させてもらうわけにはいかないでしょうか」

松山理事長の顔つきが一瞬にして変わった。べっ甲フレームの眼鏡の奥でまばたきを何度も繰り返した。

「まさかと思うが……」

うめくように言うと、わかりましたと答えた。松山理事長は徹から預かっているマンションのカギを妻に持って来させた。

多摩市にある松山徹のマンションへ急行した。松山理事長は後部座席で、まるで容疑者が逮捕されたようにマンションに着くまで無言だった。

エントランス前にパトカーが止まると、松山理事長はドアを開けエレベーターホールに急いだ。徹の安否が心配で仕方ないのだろう。十二階に着き、松山徹の部屋の前に来ると大きくため息を一ついてからキーを差し込んだ。

ドアを開けると同時に松山理事長が怒鳴るように言った。

「徹、いるのか。入るぞ」

松山理事長の後に丹下らも続いた。部屋の中の空気は何日も換気をしていないのか、淀んでいるように感じられる。松山理事長はすべての部屋のドアを開けて確認したが、松山徹の姿はなかった。

「いませんね」松山理事長は少し安堵した様子で言った。

「部屋の様子がいつもと違っているというようなことはありませんか」丹下が聞いた。

「わからない。この部屋に入るのは、これで三回目か四回目なんだ」

丹下も部屋の中を松山理事長と一緒に回ってみたが、特に気になる点もなかった。松山徹の性格は几帳面なのか4LDKのどの部屋もきれいに整理整頓され、ゴミ一つ落ちていなかった。寝室のキングサイズのダブルベッドだけは、起きぬけに病院に向かったのか毛布とシーツが雑然としていた。書斎に使っている部屋は、壁際の書架には医学書がぎっしりと詰め込まれていた。机の上に置かれたパソコンも電源が落とされ、キーボードとマウスが整然と置かれていた。

「ご子息が使っていたこのマウスを少し預からせていただくわけにはいかないでしょうか」

松山理事長が丹下刑事を怒りに満ちた目で睨みつけてきた。マウスを必要とする理由は一つしかない。松山徹の指紋採取だ。松山徹が椎名一家惨殺に関係していると、警察が疑っているのが松山理事長にもはっきりと伝わったのだろう。しかし、それを拒む理由も松山理事長にはなかった。

丹下は横溝に目で合図を送った。横溝はジャケットのポケットからナイロンの手袋を出して、それを手にはめるとマウスをそっと取り、片方のポケットからジッパー付きのビニール袋を取り出しその中に入れた。

松山理事長を自宅まで送ると言ったが、部屋の中に徹の居所を知る手がかりがあるかもしれないからと、残って部屋を探してみると答えた。松山理事長を残したまま二人はM警察署に戻った。

マウスは早速鑑識課に回された。

マウスから検出された指紋は、椎名家のいたるところから検出されていた。奈々子の婚約者だから当然といえば当然だ。しかし、捜査本部は色めきたった。キッチンシンクのワークトップには鎌型包丁、菜切包丁、果物ナイフが散乱していた。そのどれにも松山徹の指紋が付着していたからだ。キッチンシンクから持ち出したと思われる出刃包丁は、火元と思われる椎名健一の書斎から丸焦げになって発見されている。

捜査本部は、椎名家周辺に設置された防犯カメラ映像を解析し、松山徹が出火直前まで椎名家にいたと判断した。松山徹が事情を知っているものとみて、行方を追っていると、四月二十九日夕方の記者会見でマスコミに発表した。

しかし、この時点では松山徹を容疑者と断定することはできず、逮捕状の請求は見送られた。

記者発表と同時に椎名真美子から丹下に青山葬儀場から連絡が入った。二十九日が通夜で、翌三十日に告別式が行われるという。夜十一時過ぎならば弔問客もいなくなるから時間が取れるという話だった。真美子も松山徹と事件の関係を知りたがっているのだろう。

青山葬儀場に着いたのは午後十一時少し前だった。真美子を訪ねると、三つ棺が並んだ部屋で、真美子は弔問客とは思えない若い女性二人に挟まれていた。真美子は丹下らが来たことがわかると、立ち上がり会釈した。

「電話、ありがとうございます」丹下が言った。

横溝が真美子の隣にいる二人の女性に目をやった。

「私と一緒に北海道へ旅行に行った友人です。私のことを心配してくれて、旅行を途中で切り上げて戻ってきてくれたんです」

真美子は同じ病院で働く看護師だと紹介した。看護師の前で捜査の話をするわけにはいかない。その辺の事情は看護師にもわかったようで、「明日またくるね」と言って、二人の看護師は葬儀会場から帰っていった。

「テレビで知ったのですが、徹さんが事件の直前まで家にいたというのは本当でしょうか」

「事件に関与しているかどうかはまだわかりません。しかし、出火直前まであの家にいたのは間違いないでしょう」

「徹さんは今どこにいるでしょうか」

松山徹の行方を捜査員が全力を傾けて追っている。ベンツの車種もナンバープレートの番号も割れている。高速道路のNシステムや防犯カメラ映像に松山徹のベンツがひっかかるのも時間の問題だろう。

「松山徹さんですが、お宅には頻繁に出入りしていたのでしょうか」

「徹さんは奈々子のことが好きでたまらないのか、一日おきに来ていたと思います」

婚約までしていた二人だ。デートに出かけ映画を見るなり食事をするなり、奈々子の両親がそばにいる自宅ではなく、外出したくなるのが自然ではないのか。

「奈々子はどちらかというとインドア派で外出はあまり好きではありませんでした。徹さんも患者の治療を途中で放り投げてデートに行くわけにもいかないのでしょう。家に来られない夜は、姉の部屋の前を通り過ぎるとよく姉の声が聞こえてきました。電話で話すか、パソコンでチャットをしていたようです」

丹下はチャットなどしたことはないが、若い人たちは互いにパソコンのモニター映像を見ながら会話をするのだろう。

「家に来た時は、母が作った料理で食事をして、それから徹さんが運転する車で少しドライブして戻ってくるくらいでした」

「今、お母さんが作ってくれた料理を食べていたというお話しですが、徹さんには料理をする趣味はあったのでしょうか」

「えっ、料理ですか」

真美子は何故そんな質問を丹下がしてくるのかわからずに、頓狂な声をあげた。

「私の仕事も結構残業が多くて、徹さんと家で顔を合わせる機会はそれほどありませんでした。彼に料理の趣味があったかどうかまではわかりませんが、たぶん料理なんかしていなかったと思います」

キッチンシンクのワークトップに雑然と置かれた包丁すべてに松山徹の指紋が付着していた。料理をするならどの包丁を選ぶかすぐに決まるはずだ。果物ナイフにまで付着しているのはあまりにも不自然だ。考えようによっては、松山徹はすべての包丁をワークトップに置き、殺傷能力の高い包丁を選んだ可能性もある。

しかし、松山徹は椎名奈々子の婚約者なのだ。婚約者の両親を殺害する動機はまったく見あたらない。

鑑識結果が出され、さらに詳細な事実が浮かび上がってきた。椎名健一、凛々子の遺体に残された刺し傷、出刃包丁の刃こぼれの状態、そして二人の胸骨に残されていた傷を総合すると、凶器は書斎に残されていた出刃包丁と判明した。二人の死亡時刻はほぼ同時刻だったと認定された。

奈々子だが、ベッドに残されていたカッターナイフには奈々子本人の指紋しか残されていなかった。カッターナイフに付着していた血液もすべて本人のものだった。奈々子の死因はカッターナイフで手首を切ったことによる失血死だった。

さらに奈々子の部屋に残されていたノート型のパソコンを解析した結果、死の直前まで松山徹のパソコンとアクセスし、チャットで会話していたと思われる。それだけではなく奈々子は、出会い系サイトに登録し、不特定多数の男性ともチャットをしていた事実が浮上した。

横溝によれば、顔は見せずに上半身、あるいは下半身を相手の男性に見せるようにしながらチャットの時間を長引かせ、男性が運営サイトに支払う課金の一部をアルバイト収入にする女性がいるらしい。しかし、奈々子は大学を卒業してから一度も就職もしたことがなければ、アルバイトさえしたことがなかった。小遣いも要求すれば両親は何も言わずに、奈々子に与えていたようだ。自分の身に危険が及ぶようなチャットをしてまで金を稼ぐ必要はなかった。

それとも奈々子は家族にもわからないようにして、松山徹以外の男性とも付きあっていたのだろうか。

「奈々子さんは松山徹以外の男性とチャットしていたというのは考えられませんか」

丹下が聞いた。

真美子は訝《いぶか》る表情に変わった。

「徹さん以外に付き合っている男性がいたか、それを聞いているわけですか」

奈々子について知っているのは、今や真美子しかない。事実を伝えてでも話を聞かなければならない。丹下刑事は奈々子のパソコン履歴を説明した。

「姉のパソコンに履歴が残されていたのなら、そうしたことをしていたのかもしれません。姉の部屋から声がしても、徹さんと話しているのだろうと思い、彼女の部屋に入ることはしませんでした」

真美子が奈々子の声を聞いたのは夜で、パソコンの解析からは日中もチャットをしていた形跡が残されていた。その状況を知っていたのは母親だが、母親も死亡している。万が一にでも、奈々子がチャット相手の男性に住所を伝えていれば、捜査範囲はさらに広がる可能性が出てくる。

事件解決の大きな手掛かりを握っているのは松山徹だ。一刻も早く松山の居場所を割り出す必要がある。

4　目撃証言

捜査本部に上がってきた不審者は五人だった。そのうちの三人は、コンビニの防犯カメラ映像から特定することができた。一人は二十代後半の男性で、友人が住むマンションを訪ねたが、カーナビが目的地周辺に到着したと告げても、実際のマンションがわからずに車をコンビニの駐車場に止めてマンションを探していたことが判明した。もう一人は四十代の男性で、中野区に住む友人を訪ねた帰りで、たまたまN町を通り過ぎただけだった。急に眠気に襲われ、コンビニでコーヒーを買って飲んだが、それでも眠気が完全に取れなかったので、車から降りてコンビニ付近をしばらく散歩していたようだ。

最後の一人は松山徹で、コンビニ映像だけではなく近隣住民の目撃証言も出てきた。松山のベンツはコンビニの駐車場で確認されただけではなく、最終的には椎名家の家に入っていくのが目撃されている。

それだけではない。椎名家周辺に設置されている防犯カメラ映像から、松山徹が運転するベンツが椎名家に火の手が上がる直前、近くの交差点から多摩市方面に向かって走り去って行くのが確認されている。しかし、その後の松山の足取りは確認されていない。

　残りの二人は、いずれも五十代と思われる男性だった。この二人が目撃された時間帯はほぼ同じで、椎名家の窓から火が噴きあげ、一一九番通報が行われた直後だった。映像を撮影した近隣住民のスマホで撮影した映像にこの二人が映っている可能性もあり、燃え盛る家を撮影しても続々と集まってくる野次馬を撮影した動画はなかなか見つからなかった。

　近隣住民の話では、椎名家から火の手が上がり心配になって家から出てくると、二人とも燃えさかる様子を見ていたという。一人は椎名家の東側に、もう一人は北側にいた。二人とも近隣住民が見かけない人物で、たまたま通りがかっただけとも考えられる。

　捜査本部内部でもこの二人についても捜査を進めるべきだと考える者が多数だった。しかし、三十六人という捜査員では当然限界がある。全精力を松山徹の捜索に注ぎ込むしかなかった。

　松山徹のベンツが発見されたのは、成田空港第一ターミナルの駐車場だった。松山のベンツは二十八日午前四時三十九分に駐車場に入っている。高速道路にベンツの映像が映らず、Nシステムにも捕捉されなかったのは、松山が高速道路を使わなかったからだろう。

三十日未明、成田空港警察署によって松山徹のベンツが回収された。運転席からは血痕が検出され、DNA鑑定の結果、椎名健一、凛々子夫妻のものと判明。松山徹の逮捕状が請求された。しかし、松山徹の行方につながる手がかりは車内からは何も発見されなかった。

松山徹は早朝の成田空港からどこへ立ち去ったのだろうか。入国管理事務所の情報はすでに丹下刑事が確認している。松山徹が海外に出国した事実はない。成田空港の駐車場にベンツが駐車されていたのは、海外に出国したと思わせるための隠ぺい工作のように思える。いったい松山徹はどこへ姿をかくしたのだろうか。

三十日、椎名健一、凛々子、奈々子の三人の告別式が青山葬儀場で行われた。経済的にはよほど余裕があると見えて、真美子はヒルトンホテルのスイートルームに部屋を取っていた。

五月一日になっても松山徹の情報は何も得られなかった。丹下はヒルトンホテルに宿泊する真美子を訪ねた。椎名一家の惨殺事件は発生以降、連日のようにテレビで放映されていた。週刊誌も活発に取材を開始していた。

ロビーから電話を入れると、他の宿泊客に見られたくないので部屋で話したいと言ってきた。

真美子の宿泊する部屋からは新宿御苑や霞が関あたりの高層ビル群が鮮明に見える。

リビングには円形のテーブルが置かれ、その上には三つの骨壺が整然と並べられていた。真美子は丹下と横溝にソファに座るように勧めた。

真美子はシャワーを浴びたばかりだろうか、髪はまだ濡れていた。上下揃いのタイツとジャージという姿だった。目の下には睡眠不足のためなのか隈ができていた。無理もない。二十八日に新千歳空港から東京に戻り、落ち着いて眠れたのは昨晩だけだろう。

化粧をしていない真美子は三十代半ばと言っても、誰も不思議には思わないほど老けて見えた。衣服を美しく見せるために作られたマネキン人形のようにやせ細ったスタイルで、頬骨だけが異様に尖って突き出ていた。

「本当にお疲れのところを申し訳ありませんが、捜査にご協力ください」

横溝も真美子の疲れ切った表情に驚きが隠せないのだろう。見てはいけないものを見てしまったように、うつむき加減に事情聴取への協力を要請した。真美子にはいまだに三人の死が現実として受け止められないのかもしれない。

落ち着いて真美子を見ると、姉の奈々子とはずいぶんと顔の輪郭も違うし、姉妹とは思えないほど顔立ちも異なっている。生前の奈々子の姿は知らないが、奈々子の死に顔は穏やかで、そして美人だったことをうかがわせる。松山徹が一目ぼれしたというのも頷ける。

妹の真美子はお世辞にも美人とはいえない。しかし、専門学校を卒業して以来、多くの患者たちと接してきたのだろう。丹下、横溝の二人の刑事に対する対応はまったくそつがなく好感の持てるものだ。おそらく病院でも患者からの評判はいいはずだ。様々な患者が治療を受けに来る病院で、常に笑顔をふりまいているわけにはいかないが、真美子は相手を不快にさせるようなことは決してしそうにもない。

スイートルームに備え付けの茶器を使って茶を淹れた。まるで自宅にでもいるような調子で湯飲みをセンターテーブルの上に置いた。そのお茶に手を伸ばしながら丹下は奈々子について聴取した。

「奈々子さんはW大学の教育学部を卒業されても、就職もせずにご自宅で家事見習いというか、お母さんのお手伝いをしていたということですね」

「その通りです」

「高校、大学と充実した学生生活を過ごしていたのでしょうか」

「私にはそう見えましたが……」

真美子の口調は疲れのせいなのか極めて事務的のように感じられた。実の姉なのに遠い親戚について語っているかのようだ。姉妹の仲はそれほどよくなかったのかもしれない。

「椎名健一氏はW大学の有名教授、その長女は、父親が教授を務める学部とは違いますが、やはりW大学に進学しています。何故真美子さんは大学には進学しなかったのでしょうか」

横溝が真美子に聞いた。

「先日、お話ししたかもしれませんが、父親からは自分の好きなことをやりなさいと私たちは教育されてきました。私はそれほど勉強が好きでもないし、祖父が病院経営をしていたこともあって、それで専門学校で医療事務を学びました」

「そのことについて母親からは何も言われなかったのでしょうか」

大学に進まなかった理由を執拗に横溝が探る。

「教育については母はいつも父の言うなりになっていましたから、私の進路について何か言うようなことはありませんでした」

真美子の説明は理路整然としているが、何か腑《ふ》に落ちないものを丹下は感じた。

「同じ質問を繰り返して申し訳ありませんが、奈々子さんの睡眠薬ですが、いつ頃から服用していたかご存じありませんか」

丹下は容疑者を尋問する時のように、一瞬だが矢を射るような鋭い視線を真美子に向けた。真美子と丹下の視線が絡み合う。しかし、真美子は目を伏せるでもなく、視線をそらすわけでもなく、逆に丹下の表情をうかがいながら聞き返してきた。

「私も睡眠薬の話を聞いて、姉は人知れず悩み事を抱えていたのかもしれないって、そう思うと、何か申し訳ないような気持ちになるんです。相談相手になってやれなかったことを、今になって後悔しています」

「睡眠薬服用についてはまったく気づかなかったのですか」

「はい、わかりませんでした」

真美子は即答した。

経済的には裕福で、奈々子にも真美子にも、それぞれ十五畳ほどの部屋が与えられていた。自分の部屋にはいってしまえば、姉妹とはいえ完全にプライバシーは守られる。

真美子の突き放したような返事に横溝が再び問い質《ただ》した。

「そうはいっても姉と妹、何か姉の異変に気づくようなことは本当に何もなかったのでしょうか」

「あれば父か母に、姉の異変について報告していたと思います。責められても仕方ないのかもしれませんが、私は何も気づきませんでした」

奈々子の部屋を捜索した鑑識課の報告では、部屋から睡眠薬は発見されていない。睡眠薬の処方箋を奈々子に出した病院もわからなければ、購入した薬局も不明だった。

「充実した大学生活を送っていたということですが、授業にもきちんと出席されていたんでしょうね」

丹下がそれとなく確認を求める。

「それはたまにはさぼっていた時もあると思いますが、卒業に必要な単位はきちんと修得していたから卒業できたのでしょう。いくら父親がW大学の教授といっても、姉の単位に手心を加えてくれなんて、そんなことを依頼するような父ではありませんから」

「大学四年間、一生懸命勉強してきたんでしょう。その奈々子さんが何故出会い系サイトでチャットなんかしていたのか、思い当たることはないでしょうか」

丹下は最も聞きたいことを切り出した。

「姉のパソコンを解析した結果、そうした事実が浮かび上がってきたのだったら、その事実を受け容れるしかないと思いますが、私にはいまだに信じられません」

奈々子の銀行口座には出会い系サイトから月末になると、七、八万円から十数万円の報酬が振り込まれていた。捜査員はその振込先の出会い系サイトの運営者から事情聴取し、奈々子が相手をしていた男性を特定していた。奈々子とのチャットに夢中なっていた男性は六人で、その六人は毎月四万円から五万円、中には十万円以上も出会い系サイトに支払っていた者までいた。

いずれその六人も特定されアリバイがあるかどうか、徹底的に調べられるだろう。

スイートルームでの聴取で時間は十分にある。しかし、睡眠薬と出会い系サイトのアクセスについては、何も聞き出せなかった。

丹下勇刑事には二人の子供がいる。長男紘一は大学四年生で来春卒業予定、必死に就職先を探している。長女みゆきは大学二年生で時間さえあれば好きなミステリーを読み漁っている。紘一は父親の仕事にはまったく関心がなかった。しかし、みゆきは父親が担当する事件に興味を示した。

いくら娘だからといって捜査内容を話すわけにはいかない。みゆきがまだ高校生二年生だった時だ。援助交際をしている女子高生がラブホテルで殺害されるという事件が起きた。丹下も捜査員の一人として聞き込みに回った。殺された女子高生の家庭は経済的には何の問題もなかった。さらに女子高生の通っていた高校は、名門私立高校だった。

女子高生が客として付き合っていた男性は十人を超えていた。捜査を終えて帰宅すると、妻も長男もすでに寝ていた。リビングのソファに寝転びながらみゆきが本を読んでいた。

疲れ切った顔をしてリビングに入ってきた父親を見て、みゆきが聞いた。

「ご飯は?」

「食べてきた」丹下が答えた。

「難しい事件を抱えているの」

「近頃の高校生は何を考えているのかまったくわからん」

「あの援助交際殺人の犯人を追っているんだ」

勘の鋭いみゆきに担当している事件を知られてしまった。丹下が黙りこくっているとみゆきが一人で話し始めた。

「マスコミ報道を見ているとさ、事件の本質を完全に見誤っているよ」みゆきは大人びた口をきいた。

余計なことはいいから、さっさと寝なさいと注意しようとすると、みゆきは本を閉じた。

「パパも経済的に裕福、名門校に惑わされてはだめよ」

「どういうことだ」丹下は思わず聞き返した。

「援助交際をするような女子高生は不良、非行と決めつけるのも間違いだと思う」

丹下はますます混乱した。

「私の高校にもいたのよ、援交している子が」

みゆきは都立高校から私立大学に進んだ。都立の進学校で、毎年東大、早稲田、慶応に多数の合格者を出していた。

「援交している子は、私よりも成績がよくて常にベスト10以内、親も金持ちだし」

「安月給の刑事で悪かったな」

丹下は冷蔵庫から缶ビールを取り出してきて、喉を鳴らしながら飲んだ。

みゆきはしまったという笑みを浮かべた。

「援交しているなんて、誰にも知られたくないのよ。でも、ラブホにオジサンと入るところをクラスメートに見られ、その情報が一瞬にして知れわたってしまう」

SNSを使った情報の拡散は丹下の想像を超えている。

「皆に知られたからと言って、援交を彼女は止めなかった。何故だかわかる」

みゆきに問われたが、丹下には見当もつかなかった。成績もいい、経済的にも問題はない、何故援助交際を続けるのか、いくら考えても答えは出せなかった。

「私にはその都立高校が第一志望だったけど、でも彼女にとっては第二志望だったのよね」

それが何故援助交際と結びつくのか。第一志望の高校に入れなくても、そんなものは長い人生の間で考えれば蚊に刺されたようなものだ。

「お前の話は回りくどい。結論を先に言いなさい」

「彼女自身も第一志望に入れなかったことくらい、たいしたことではないと思っていたはずよ。でもご両親は違っていた。高校三年間、毎日そのことを責められ、大学受験は絶対に失敗するなって言われてごらんよ」

援助交際を始めた女子高生は、ある時まで両親の期待に応えようと勉強に励んできた。しかし、すべての生徒がそうしているわけではない。様々な生徒と付き合っているうちに、自分とは違って伸びやかにしなやかに、そして自由に振る舞っているクラスメートがいることに気がつく。それから親への反抗が始まったようだ。

思い通りに生きてみたい自分と、あくまでも親の敷いたレールの上を走れと、それを要求する両親。思春期を迎えた子供と親の対立はどこにでも見られる。

「でも彼女はずうっと親の言いなりになってきたんだよ。親に反抗したことなんて一度もなかったと思うよ」

「親に反抗するために援助交際なんかするのか」

思わず丹下は声を荒らげた。

「だっていくら頼んでも、話を聞いてくれない親なら、何か問題を起こして困らせてやろうって考えるよ」

援助交際は親への反抗の現れだとみゆきは思っているようだ。

「反抗で援交なんかされたら、親はたまったものではないな」

「パパ、それも違うよ。そこまで突き抜けてしまう子は、親に復讐しているんだよ」

「復讐……」

「そうよ。援助交際をしている子は、親を悲しませる問題を次から次に起こして、懸命に親に復讐しているの。ずっと親に抑えつけられてきた子って、それしか抵抗する方法がわからないんだよ。自分の体にナイフを刺して血を流すところを親に見せつけて、こうなったのは皆あなたたちのせいよって……。リスカと似てるよね」

「リスカ？」

「リストカットのことよ」

未成年の事件をよく扱う同僚から、抑えつけられてきた少年の親への抵抗は家庭内暴力になって現れるが、少女の場合、自虐的で援助交際はその典型だと聞いたことがある。

「よかったなあ、進学にうるさい親でなくて」

「それはこっちのセリフよ、親の仕事を考えてさ、文句を言うくらいで大きな問題も起こさず大人しくしているんだから」

真美子から事情聴取していると、みゆきと以前に話した援助交際の女子高生を思い出した。奈々子は、真美子にもわからないところで、両親に反発する思いを抱いていたのかもしれない。それが出会い系サイトでのチャットにつながっていたことは十分に想像がつく。

捜査員は奈々子がチャット会話をしていた相手の特定を急いでいる。そこでどのような会話をしていたのか、奈々子の心の闇を解明するためには、チャットの相手をしていた男性から話を聞く必要がある。

もう一点、解明しなければならないのは睡眠薬の出どころだ。手っ取り早い入手方法は婚約者の松山徹から入手する方法だ。聖純病院から松山徹自身が持ち出すことはそれほど困難ではないだろう。

しかし、松山徹のベンツは成田空港第一ターミナルの駐車場で発見されたが、本人の行方は相変わらず不明だった。国内線を使って東京を離れた可能性もあるし、都内に戻ったとも考えられる。

成田空港内に設置されている防犯カメラが徹底的に分析された。タクシー乗り場に並ぶ松山が確認された。松山を乗せたタクシーは防犯カメラに映った時刻からすぐに割り出せた。運転手の乗務日誌から成田市街地で降りたことがわかった。しかし、そこからの動きがつかめなかった。成田駅には松山は現れていない。おそらくタクシーを乗り継ぎ都内に戻ったのではないかと思われた。

奈々子のチャット相手六人は五月三日には判明していた。インターネットというのは距離的空間をゼロにしてしまう。奈々子とチャット会話をしていたのは、北海道から九州にまで分布していた。東京に二人、大阪、札幌、仙台、福岡に各一人だった。年齢的にも二十代から四十代にまで広がっていた。一ヶ月に十万円以上を費やしていたのは四十代の男性だった。すぐに捜査員が派遣され、会話の内容と同時に、犯行時間帯のアリバイが調べられた。

特に都内在住の二人は、杉並区と立川市に住むいずれも二十代の男性で、事件当夜のアリバイが不確かで、事件とは無関係であることが証明されるまでは尾行を付けた。しかし、この二人は刑事の訪問を受けるまで、椎名奈々子が死亡した事実は知らなかった。杉並区に住む男性は、親元を離れて居酒屋でアルバイトをして生計を立てていた。深夜までアルバイトをし、帰宅しても話し相手もなく、それで出会い系サイトで奈々子と知り合ったようだ。

彼の証言から、奈々子は「ナーナ」というハンドルネームを使い、顔はいっさい見せないが、バストや下半身を躊躇《ため》うことなく見せていたようだ。立川市に住む男性は引きこもりで外出する機会はほとんどなかった。引きこもり男性にも「ナーナ」は惜しげもなくブラジャーを外したり、下半身を露出したりしていたようだ。

大阪、札幌、仙台、福岡にも捜査員を派遣して事情聴取をしたが、その四人も「ナーナ」と椎名奈々子が同一人物だと気づいた者はいなかった。奈々子は顔も見せていないし、彼らはハンドルネームしか知らない。当然といえば当然だが、奈々子はこの四人にも裸同然の姿を見せていた。四人にもアリバイは成立し、奈々子がどこに住んでいるのかも知らなかった。

捜査員は懸命に奈々子との会話の内容を聞き出そうとしたが、無駄だった。奈々子と彼らとの間には会話らしきものは何もなかった。ヘッドホン付きマイクを頭にかけて、モニター画面を見ながら話をするのだが、男性は自分の姿をすべて映し、奈々子はその映像を見ながらマイクに向かって話しかける。奈々子は話をする時は小型カメラを首から下だけが映るように固定した。身体の一部を見せる時には、小型カメラを外し、彼らが望む場所を映していたようだ。

会話らしい会話は、最初の挨拶だけで、その後は「脱いで」「見せて」という男性側の要求だけで、奈々子はその要求に応えるように一枚一枚着ているものを脱いでいたらしい。男性にとってはストリップを見ているような感覚だったのだろう。

チャットの時間帯は、六人にはそれぞれの生活のリズムがありまちまちだったが、六人の話し相手になる奈々子は一日中パソコンの前に座っていただろうと思われる。

奈々子の部屋が二階にあるとはいえ、両親も、そして隣の部屋で生活していた真美子まで気づかなかったというのが不自然だ。

五月六日は振替休日になり、その日にゴールデンウィークが終わる。松山徹の行方は成田市街地からどこに向かったのか、それさえもわからなかった。椎名家から出火した当時、家の周辺をうろついていた五十代男性二人も特定できずにいた。五日夜、駒川壮太捜査本部長は全捜査員を集めて会議を開いた。

捜査員は自分が担当した案件をそれぞれ詳細に報告した。それを踏まえた上で、駒川捜査本部長は具体的に指示を出した。

椎名健一はW大学の次期総長選挙を目指して活発に動いていた。椎名には敵も多かった。大学内の人間関係も捜査対象に入った。また、妻の凛々子についても、リベルティプラザ時代に大きなトラブルを抱えていなかったかを調べることにした。

奈々子についてては、真美子の証言からは自殺に結び付く話は何も出てきてはいない。しかし、チャット相手の男性の証言から奈々子はどこか心を病んでいたと思われるふしがある。真美子が何かを隠している可能性もある。すでに大学を卒業して四年の歳月が流れているが、大学の友人は奈々子が抱える心の闇について何か知っているかもしれない。大学時代の同級生からも聴取することになった。

駒川捜査本部長からもう一点新たな指示が出された。

「真美子を聴取した丹下刑事によれば、奈々子、そして妹の真美子には実の父親が別にいます。真美子は事件当時札幌にいたのははっきりしています。両親の殺人事件には関与していないと思われます。しかし、奈々子も死亡し、莫大な資産が真美子に転がり込むのも厳然とした事実です。真美子の実の父親は椎名家の遺産相続には関係ないとはいえ、自分の娘が手にする遺産に興味がないとは言い切れません。真美子の実の父親の事件当日のアリバイを探ってみてください」

真美子を聴取しているのが丹下だったということで、真美子の父親の捜査が丹下に振り分けられた。

椎名健一所有の不動産は自宅だけではなかった。M駅前に建設された雑居ビル二棟、賃貸マンション一棟、港区にも外国人用に間取りが広く設計されたマンション一棟があった。父親が死亡した時点で、資産の半分を妻が、残りの半分を二人の娘が相続することになる。しかし、両親が死亡している。

すべての資産が奈々子と真美子に等分に渡り、奈々子の死亡が確認された時点で、あらゆる資産を真美子が相続することになる。

六日朝、一斉に捜査員がM警察署から飛び出していった。椎名奈々子、そして真美子の父親欄には、椚田修平と記載されている。

椚田は国立市に住んでいた。

「椎名家とはそれほど離れていませんね」

横溝が戸籍、住民票を確認しながら言った。

5　不景気

株価は上がっているらしい。景気は上向いていると新聞では報道されている。しかし、水商売を長年してきたが、景気はますます冷え込んでいるようにしか思えない。美津濃澄夫が妻の朋子と一緒に、新宿のゴールデン街で小さなスナック美津濃をオープンしてから十年以上の歳月が流れていた。

高齢化した前オーナーが、店を安く譲るという話が美津濃のところに舞い込んできた。二十代の頃から水商売の世界で生きてきた。銀座、赤坂、六本木を転々とし、そして四十歳になってから新宿で小さいながらも自分の店を持つようになったのだ。

妻の朋子は赤坂のクラブでホステスをしていた。美津濃はそのクラブで雇われ店長をしていた。朋子は美津濃よりも十歳年下だった。朋子がまだ幼い頃に両親は離婚し、朋子は父親に抱かれたという記憶がなかった。そうした体験が影響したのか、朋子が好きになる男性はいつも年上だった。

美津濃と出会い、同棲するようになり二年後に正式に入籍した。二人に子供はなく、朋子は赤坂でホステスを続け、美津濃は六本木のクラブに引き抜かれて移籍した。二人で働き、少しまとまった金が手元に残った。それを元手に新宿ゴールデン街の小さな店を譲り受けたのだ。カウンター十二席だけの狭い店だが、それでも夫婦二人でようやく手に入れた店だった。

美津濃はバーテンダーとしての経験も長く、どんな客の注文にも応じることができた。朋子も高校を卒業した後、しばらくはＯＬをしていたが水商売の世界に飛び込んだ。若い頃は赤坂や銀座のクラブでナンバーワンホステスになったこともあるが、やはり年齢とともに朋子の売り上げも落ちていった。

朋子も引き際と思っていたのだろう。新宿ゴールデン街の店の権利を買いたいと、話を持ちかけると反対することもなく同意してくれた。

ホステス経験の長い朋子の接客も功を奏して、オープン直後からスナック美津濃には固定客がついた。大金が転がり込むということはなかったが、二人が暮らしていくには十分な収益を上げることができた。しかし、最近二、三年状況が大きく変わってきた。

団塊の世代が次々に定年で会社を辞めていった。退職すると彼らが新宿ゴールデン街に顔を出すということはほとんどなかった。遠のいた団塊の世代の客に替わる新たな客を開拓しなければならなかったが、ゴールデン街のどの店も顧客の新規開拓には頭を悩ませていた。銀座や赤坂のクラブに通って来る客が一晩で店に落とすカネと、ゴールデン街に来る客とではその額が違っていた。ゴールデン街でそれなりの収益を上げるには、常にカウンター席をいっぱいに埋める必要がある。しかし、十二席を埋めるのが次第に困難になっていった。ゴールデン街に店を構えるオーナーの中には語学が堪能で、インターネット上に英語でゴールデン街の歴史を記し、外国人観光客を誘致する者もいた。しかし、美津濃にも朋子にもそうした才覚はない。土曜日も日曜日も店を開け、売上を少しでも上げるしか術はなかった。

二人は東中野にある老朽化したマンションを買って、そこで暮らしていた。スナックを午前二時過ぎに閉めて、二十四時間営業の居酒屋かファストフードで食事を摂り、始発電車で帰宅した。

二人が目を覚ますのはいつも午後二時頃だった。先に起きた朋子がコーヒーを淹れ、美津濃を起こすのが常だった。美津濃が顔を洗いリビングに戻ってくると、テーブルの上にはコーヒーとトーストが用意されていた。朋子はテレビのスイッチを入れ、いつも観ているワイドショーにチャンネルを合わせた。

流れていたのはM市に住む椎名一家惨殺事件のニュースだった。現場には規制線が張られ、事件現場には入れないようになっていた。現場と警備にあたる警察官を背にしながら女性レポーターがマイクを握り締めて中継放送していた。

「殺人現場となったのは、ここから百メートル後方の鉄筋二階建ての家で、殺されていたのはW大学国際教養学部の椎名健一学部長、そして妻の凛々子さん。長女の奈々子さんは病院に搬送されましたが、搬送先の病院で死亡が確認されました」

美津濃はテレビを背にして椅子に座り、映像を観ていたわけではない。しかし、キャスターの声にテレビの方を振り向こうとして激しくせき込んでしまった。そのはずみで飲みかけのコーヒーを床に吐き出した。それほど驚いたのだ。

「ちょっと何をやっているの」朋子が呆れ顔で言った。

美津濃は朋子の叱責を無視して、マグカップを握ったままテレビの前に置かれているソファに移動した。ワイドショーに椎名学部長と妻の凛々子の顔写真が映された。ソファに座るのも忘れて美津濃は立ったままテレビ画面を凝視した。

「いつまでも片づかないから、早く食事をすませてよ」

朋子の声がするが、美津濃の意識の中には何も入ってこない。

キャスターは病院に救急搬送された長女の奈々子について語り始めた。

「今のところM警察署から奈々子さんについての発表は何もありませんが、救急搬送した救急隊員や病院関係者への取材から、奈々子さんは自殺の可能性もあることがわかってきました」

椎名家には次女がいて、その次女の行方がわからなくなっていると伝えていた。

「急にどうしたの、いつもワイドショーなんか見もしないのに」

朋子が責めるような口調で言ってくる。それでもテレビの前から離れられない。

「早く食事をして」

怒鳴るような朋子の声に、トーストを頬張り、コーヒーで一気に胃に流し込んだ。テレビのワイドショーが違う話題に変わると、美津濃はリモコンを使ってチャンネルを変えた。他局でも椎名一家の惨殺事件を報道していた。

一通りワイドショーを見終えると、美津濃は「新聞を買ってくる」と言い残して家を出た。美津濃は節約するために新聞購読を解約していた。そろそろ夕刊が並ぶ頃だ。美津濃はＪＲ東中野駅に急ぎ、夕刊紙をすべて購入した。

自宅に戻り買ってきた新聞に目を通した。椎名健一、凛々子はほぼ同時に殺されたとみられると記事には書かれていた。長女の奈々子は自分で手首を切った自殺と見られ、死因は失血死だった。

殺人現場はＪＲのＭ駅からそれほど遠くない場所にあった。

「少し出かけてくる」

「出かけるって、どこに」

朋子の苛立つ声が美津濃の背中に浴びせかけられる。

「今日は支払いの日なのよ」

酒の仕入れ代金を支払わなければならない日だった。すでに二週間も支払いを延ばしてもらっている。仕入れ先の量販店店主からはこれ以上遅れるようであれば、酒の納入を止めると宣告されていた。支払う金は用意できているが、支払ってしまうと明日からの生活に支障が出てくる。それでも美津濃はマンションの駐車場に止めてある軽乗用車に走った。

美津濃はカーナビにM市N町を入力した。椎名家の周辺には報道関係の車両、さらには記者、カメラマンが現場に集まってきているはずだ。

美津濃が想像していた通りだった。近くのコインパーキングはマスコミ関係者の車で埋まり、美津濃は一キロ以上も離れたコインパーキングに軽乗用車を止めた。そこから歩いて事件現場に急いだ。

椎名家を一周するように規制線が張られ、その周囲には報道陣が砂糖に群がるアリのように集って来ていた。野次馬のグループに加わり調査のなりゆきを見守った。報道陣が携帯電話で打ち合わせをしながら規制線から離れていく。会話の内容を他社の記者に聞かれたくないのだろう。

電話に夢中になっている記者の背後に美津濃はそっと近づいて聞き耳を立てた。

「近所の話では、もう一人娘がいるようだ。警察も次女を追っているらしい。その次女の居所がわかったようだ。次女は近くの病院に勤務し、友人と一緒に旅行に行っていたらしい」

次女が戻ってくれば、事件の全貌が明らかになるのかもしれない。

美津濃はそこにいてなりゆきを見ていたかったが、朋子の怒る顔が目に浮かんだ。コインパーキングに戻ると、大急ぎで東中野の自宅マンションに帰った。

美津濃の顔を見ると、化粧を終えた朋子が鬼のような形相で聞いてきた。

「どうする気なのよ、酒の支払いは」

「半分だけ支払うと伝えてくれ」

「払った後、生活をどうする気よ」

「任せろ」

美津濃は自信に満ちた声で答えた。

翌日、目が覚めると美津濃は朝食を素早く済ませ、中野区の図書館に急いだ。前日の夕刊、そしてその日の朝刊、すべての新聞に目を通した。読むのは椎名一家殺人事件の続報だった。

毎日出かけて帰宅すると新聞記事のコピーを手にしている美津濃に、朋子の表情が次第に険しくなる。

「柄にもなく図書館に行く暇があるのなら、少しでも売り上げを伸すような方法を考えたらどうなの」

朋子はホステス時代に買い込んでいた貴金属、宝石、ブランド品を、新宿の買い取り専門店に持っていき現金に換えていた。それほど夫婦の生活は追い詰められていた。

しかし、美津濃は図書館通いをやめるつもりはなかった。

週刊誌も椎名一家惨殺事件を報道するようになった。それらの週刊誌の記事も美津濃は丹念に読んだ。

日ごとに険しさを増す朋子に美津濃が聞いた。

「お前の貴金属、宝石、ブランド品を全部売りさばいた金で、どのくらいの期間、生活できるんだ」

「私が必死で稼いで買ったものを、あなたは当てにしているわけ」

朋子の表情には愛想がつきたといった表情が浮かぶ。

「いいから教えてくれ」

「三、四ヶ月くらいは持つと思うけど、全部を売り払う気なんてないからね。何を考えているの」

侮蔑の眼差しで美津濃を見つめてくる。

「まあ、そう言うなって」

美津濃は薄ら笑いをうかべながら答えた。

「このまま水商売を続けていても先は見えている」

「それで」突き放したように朋子が聞き返す。

世の中の仕組みが変わってしまったのだ。酒を飲んでストレスを発散し、帰宅するなどというのは団塊の世代までで、その後の世代は若くなればなるほど、酒を飲む機会も少なくなってきている。飲むにしても若い連中はゴールデン街などには来ないで、居酒屋かカラオケに行ってしまう。そうした現実は朋子自身も十分認識していた。

「お前にもきっと楽をさせてやることができる」

こう言って美津濃は毎日のように図書館に通っている理由を、朋子に説明した。朋子は最初訝る表情を浮かべ、美津濃の話を信じているようには見えなかった。しかし、美津濃の話を最後まで聞くと、納得し穏やかな表情に変わっていた。

「わかったわ。私の持っている指輪やブランド品はすべて売ってもかまわない。その代わり、必ず倍にして返すこと、いいわね」

美津濃が答える。

「けち臭いことを言うな。長年俺を支えてきてくれたんだ。三倍、いや四倍、五倍にして返してみせる」

「その言葉忘れないでよ」

朋子の顔には、年末ジャンボ宝くじを連番で当てたような笑みが浮かんでいた。それはきっと美津濃自身も同じだっただろう。

丹下と横溝の二人の刑事は、国立市に住む椚田修平からも事情聴取をすることになった。椚田は殺された椎名凛々子の前夫であり、自殺した椎名奈々子と、そして札幌を旅行中に悲報を知らされた椎名真美子の父親だ。椚田が二人の娘と交流があったのか、あるいは凛々子と離婚後、いっさいの交流を断っていたのか、まったく不明だ。

椎名家の資産はすべて真美子の手に渡った。交流がなかったとしても、莫大な遺産を相続した真美子の実の父親である。椚田はJR国立駅に近い老朽化した木造二階建てのアパートで一人暮らしていた。

六日朝から一日中張り込んだが、椚田は帰宅しなかった。

二日目は午後から張り込んだが、仕事なのか、椚田は不在だった。とにかく帰りを待つしかない。

アパートは三十年以上も前に建てられたのではないかと思えるほど、老朽化が激しかった。国立駅の近くに国立大学法人一橋大学がある。周辺にも多くの大学がある。昔なら学生が入居したようなアパートだが、最近の学生はこうしたアパートには入らず、オートロックのマンションを好む傾向が強い。

老朽化したアパートには、一人暮らしの老人や低所得者層の人たちが集中する結果となった。そうしたアパートも入居者が減り、空室が目立つようになる。アパートのオーナーは入居者を確保するために賃貸料を安くするしかない。椚田が暮らすこのアパートも一ヶ月の賃貸料は五、六万円だろう。

原付きバイクに乗った椚田がアパートに帰って来たのは七時過ぎだった。バイクの後部に取り付けられたかごにはコンビニで購入したと思われる弁当が入っていた。アパートの自転車置き場に原付きバイクを止め、ヘルメットを脱ぐと自分の部屋に向かった。五月に入り暖かい日が続いていたが、椚田は紺の上下の作業着、その上に防寒用のジャンパーをはおっていた。

椚田が部屋に入ったのを確認し、同時に横溝がドアをノックした。すぐに返事があった。

「開いてるよ、どうぞ」

横溝がドアを開けた。上がり框《がまち》には作業靴が乱雑に脱ぎ捨てられ、椚田は着替えをしている最中だった。

上がり框のすぐ左横は流し台で、キッチンのテーブルの上にはコンビニのだし割とろろそばが一つ置かれていた。その奥の部屋が寝室で、ベッドの上は毛布と布団が起き抜けのままの状態になっていた。

「新聞ならいらないよ」

椚田は二人を新聞の勧誘員と思っているようだ。横溝が警察手帳を提示して「M警察署です」と言った。

「警察……」椚田は驚きの声を上げた。

「先日、椎名凛々子さん、それにお嬢さんの奈々子さんが亡くなられたのはご存じですね」

「事件は知っているけど、彼女と離婚したのはもう二十年以上前なんだよ」

突然刑事がやってきたことに驚いたのか、椚田は着替えを途中で止めて、部屋に上がるように言ってきた。

テーブルには三脚の椅子があった。椚田は冷蔵庫を開け、「缶ビールしかないけど、飲みますか」と二人に聞いた。

「気を遣わないでかまいません、勤務中なんで」丹下が答えた。

「そうですか、でも俺は飲ませてもらうよ」

椚田はプルトップを引き抜き、喉が渇いていたのかビールを喉に流し込んだ。

「それで俺に何が聞きたいの」

椚田は五十二歳だが、年齢よりはるかに老けて見える。五分に刈り上げている髪は、すべて白髪だ。肌は日に焼け、一日の多くの時間を戸外で仕事をしていることがうかがえる。左あごの下に大きなホクロが一つあった。

「凛々子さんと最後に会ったのはいつだったか覚えていますか」

「覚えていないよ、多分離婚届に印鑑を押した日じゃないのかな。だけどなんでこんな話を警察にしなければならないの」

椎名夫妻の遺体の状況から、二人に強い怨みを抱く人間の犯行と思われると告げ、椎名一家の人間関係を捜査中だと横溝が説明した。

「それで俺も怨みを抱く一人にされているわけだ」

「いや、そういうことではなく、一家の人間関係を調べていると思ってください」

そう横溝は説明したが、椚田が納得しているようには見えなかった。

「疑われても俺はかまわないさ。実際にあの女を怨んでもいたよ」

椚田は離婚をめぐるトラブルを詳細に語り始めた。隠すつもりもないらしい。

「でも妙に勘繰られても困るんだよ」

椚田は警備員の仕事に就いていた。道路の補修工事や建設現場での交通整理などのハードな警備は新入りの警備員が担当する。しかし、実績を積むとスーパーマーケット、デパート、学校、銀行の警備を任されるようになる。道路工事や建設現場での仕事は一日中屋外になる。夏は水分を十分に取っていても熱中症にかかる。冬は寒さに震え、雪の日は気がつくと頭に雪が積もっていることもある。現在椚田はスーパーマーケットの警備を任されている。それを失いたくないようだ。

椚田は八〇年代、ＩＴ関連のベンチャー企業を起こして成功を収めた。高級外車を乗り回し、銀座の高級クラブを飲み歩いた。その豪遊ぶりがテレビなどでも取り上げられた。椚田がよく出入りしたクラブが凛々子の経営していたリベルティプラザだった。

どちらかというと凛々子の方が積極的だったようだ。二人はすぐに同棲を始め、麻布に立つ高級マンションで生活を始めた。二人の間に奈々子と真美子が生まれた。

しかし、真美子が生まれた頃には、バブル経済にもかげりが見られるようになり、椚田の事業も傾き始めていた。椚田は懸命に打開策を模索したが、個人の努力ではバブル経済の崩壊など食い止められるはずもなかった。

「昔の俺も、凛々子もお金大好き人間で、派手にお金が使えなくなると、凛々子は二人の子供を連れて出て行ってしまった。マンションは人手に渡るし、後は転げ落ちるだけだった」

凛々子はリベルティプラザを手放さなかったのがさいわいして、売り上げは規模は以前より落ちたが、それでもリベルティプラザに通ってくる固定客をつかんで離さなかった。

「これは俺の想像だけど、事業がおかしくなるのと同時に、あの女はあのなんとかという学者とできていたと思う」

椚田と凛々子が正式に離婚した二年後には、凛々子は椎名健一と再婚していた。

「こっちが会社を立て直そうと、昼も夜もなく働いているのに、次の男を捜していたんだから、怨むなっていう方が無理さ」

椚田は再建に向けて懸命に支援先を探したが、結局、銀行に見放され、支援をしてくれる企業も見つからなかった。会社は倒産し、すべてを失った。椚田の才能を買ってくれる企業が一社や二社くらいは出てくるだろうと思っていた。しかし、その思惑は甘すぎた。派手にマスコミに取り上げられた分、椚田は知名度も高くなっていて、採用する企業は一社もなかった。

友人から少額の出資を募り、外食産業、福祉事業に手を出してみたが、ことごとく失敗に終わった。

「最後に辿り着いたのが今の仕事というわけさ。だから昔の嫁の殺人事件なんかに巻き込まれて、名前でも出されたら、本当に食っていくにも困ってしまう」

椚田は切実な状況に追い込まれていた。

「凛々子さんとは離婚成立以降、会っていないというのはわかりました。二人のお嬢さんとの関係はどうなのでしょうか」丹下が聞いた。

奇しくも椚田は丹下刑事と同じ年だった。奈々子と真美子は椚田の実の娘だ。かわいいに決まっている。

「それは会いたいさ」

「会っていたのですか」

凛々子だけでなく、椎名健一からも二人の娘には会わないでほしいと告げられていたようだ。

「凛々子からは、会うなら以前のような実業家になって娘の前に現れてきてほしいと、そう言われたんだ。二人の娘には、父親は実業家だと教えていたらしい。そんな話を凛々子から聞かされていたのに、のこのこと二人の娘の前に惨めな姿を見せることもできないだろう」

栶田は離婚以来、二人の娘と会っていないと言った。

「結局、亡くなった奈々子さんとも対面もさせてもらえなかったということかね」

「次女の真美子が警察にどう話したかわからないが、こちらも二十年以上もほったらかしにしてきたという負い目もあるし、葬儀場にも行かなかった。こんな疲れ切った姿を見せたくもないし……」

栶田は複雑な心中を吐露した。凛々子から颯爽《さっそう》とした父親像だけを聞かされている娘の前に、やつれた姿で現れたくないという栶田の気持ちは十分理解できる。

「ところで事件のあった二十七日の勤務はどこで、何時頃まで働いていたのだろうか」

丹下はデパートのインフォメーション係に紳士服売り場を尋ねるような調子で聞いた。

「なんだよ、やはり俺のアリバイを聞きに来たのかよ」

それでも栶田は誤解されたり、勤務先に刑事に来られたりするよりは答えた方がいいと判断したのだろう。

「二十七日は遅番で、武蔵小金井のスーパーDで、午後二時から閉店の十時まで、駐車場とスーパーの出入口の警備にあたっていたよ」

「その後はどうされましたか」

「閉店後も店員たちは会計のチェックや棚卸しの仕事をするが、警備員は閉店と同時に帰宅できるんだ。俺は原付きバイクでこのアパートにすぐに戻ったよ」

国立駅と武蔵小金井駅の間は電車では三駅だが、原付きバイクで通勤するには、距離がありすぎる。

「寒くてどうしようもない日は電車を使うが、それ以外はなるべくバイクで通勤するようにしている。中古の軽乗用車にでも乗れるような身分に早くなりたいものだ」

椚田は今でも融資してくれた友人にわずかずつだが借金の返済をしていた。経済的にはどん底の暮らしをしているのだろう。

「最後に一つだけ聞かせてほしい。あの日、何時頃このアパートに戻ったのだろうか」

「ご覧のように一人暮らしで、帰宅を待っててくれる人はいない。だから正確な時間を聞かれても答えようがない。多分十二時前には帰っていたと思うが……」

椚田の聴取は一時間ほど続いた。

丹下と横溝はM警察署に戻った。帰り道で横溝が丹下に尋ねた。

「私には椚田は正直に答えているように思えたのですが、丹下刑事にはどのように映ったのでしょうか」

横溝は刑事としての自分の観察力が正しいのか、それを確認したかったのだろう。横溝は刑事課に配属になってまだ三年。刑事として第一歩を踏み出したばかりなのだ。

「正直に答えていると思う。ただ答えたすべてが事実だとは思えない」

「具体的にどの辺りが事実と異なるのでしょうか」

「ここが嘘だと見破れたわけではないさ。でも椚田はいずれ警察がやってくることを想起して、あらかじめ答えを用意していたような気がする。それに……」

丹下は途中で話しを止めた。

「何か引っかかるものがあるのでしょうか」

「二人の娘だ。いくら二十年以上も会っていなくても、父親なら奈々子の死は悲しいだろうし、残された真美子の様子を知りたがるはずだ」

「そういえば奈々子の死を悲しんでいる様子はまったく感じられませんでしたね」

「一人残された真美子の安否だって気になるはずなのに、あいつは俺たちに何一つとして聞こうとはしなかった。俺にはあまりにも不自然過ぎると感じられる。でも、これは刑事の直感というよりも、父親としての主観だ」

M警察署に戻ると他の捜査員も新たな捜査情報をもって戻ってきていた。

6　アクセス

丹下と横溝は椚田の聴取に集中することができた。しかし、捜査員の手は足りていなかった。限られた捜査員でW大学の派閥抗争、椎名健一に反感を抱く教授陣、かつて凛々子が経営していたリベルティプラザでの人間関係、奈々子の学生時代、そして松山徹の行方を捜査するには当然限界がある。

それでも捜査員は自分に与えられた任務を着実にこなしていった。

捜査本部の会議で判明した事実が報告された。

W大学での聴取を担当したのは、駒川捜査本部長の片腕として乗り込んできた高寺茂警部補だった。高寺は四十四歳、マスコミも注目している凶悪事件を早期に解決し、自分のキャリアアップにつなげようとしているのがうかがえる。

W大学の現在の小山田総長はあと一年の任期を残しているだけだった。次期総長候補として名前が挙がっているのは、椎名ともう一人政治経済学部の更科学部長だ。二人の一騎打になるとみられている。

二人の対立は日ごとに激化していた。どんな選挙でも自陣に支持者を集め、票を獲得するためには「実弾」が必要となる。選挙戦における「実弾」とは金であり、そして酒と女だ。それはアカデミックの世界でも同じだった。椎名健一が国際教養学部の学部長の座を射止めるために、接待の場として使ったのがリベルティプラザだった。

「椎名教授は支持者を集めるために、かつて自分の妻が経営していた銀座の高級クラブ、リベルティプラザに若手教授を連れて飲み歩いていたようだ」

高寺が報告する。

リベルティプラザの現在のオーナーは川上則子だった。川上は凛々子がママをしていた時代のチーママで、凛々子が妹のように可愛がっていたホステスだ。凛々子と川上は今日に至るまで、以前と変わらぬ付き合いを続けてきた。

「椎名学部長がリベルティプラザを訪れる時は、凛々子が必ず川上ママに連絡を入れていたようだ。椎名と椎名が連れていく若手教授の接待をくれぐれもよろしくと、川上に頼んでいたらしい」

椎名学部長はW大学の給与額も知らなかったし、自分の年間収入も正確に把握していなかった。凛々子はリベルティプラザを経営していた頃から付き合っていた税理士事務所に、椎名家の税務を担当させた。椎名健一が接待に使う経費はすべて必要経費として計上していた。

椎名は銀座の高級寿司店、レストランで食事をした後、若手教授をリベルティプラザに連れていき、好きなだけ酒を飲ませた。

「椎名のそうした接待は当然更科教授の耳にも入った」

更科教授は学問一筋で生きてきた学究肌の教授で、椎名とは対照的に人当たりはお世辞にもいいとは言えないタイプらしい。しかし、謹厳実直で実務家だった。

「椎名教授のような方が総長になれば、伝統あるW大学の歴史が汚辱にまみれます」

更科教授は高寺にそう語った。オブラートに包んだモノの言い回しというか、婉曲な表現を知らないらしい。あるいは知っていても、そんな気配りをする必要のないほど椎名教授の接待は、えげつないものだった。

「若手教授の中には、椎名教授からお誘いの声がかかるのを楽しみに待っていた人もいた。まったく情けない、の一語に尽きます。W大学の総長選挙は、芸能界のレコード大賞の選考会、アカデミー賞の投票とは違うのです」

更科教授は椎名健一が来年の総長選挙戦に向けて様々な工作を展開していることに、激しい苛立ちを隠さなかった。

「なおリベルティプラザでの接待をめぐっては、ホステスと若手教授との間でトラブルが起きているらしい。具体的な内容については更科教授も知らない様子だ。これは私の班でも渦中の若手教授を割り出すようにするが、リベルティプラザ担当の捜査班にも是非トラブルを起こしているとされるホステスを割り出していただきたい」

こう言ってから、高寺は把握しているトラブルについて説明した。

若手教授の中には銀座ホステスの手練手管に、ホステスに熱を上げてしまうものもいるようだ。リベルティプラザは銀座の中でも高級とされ、座っただけで三万円も取られるクラブなのだ。若手教授の給料ではとても通える店ではない。

最初は椎名教授に連れられてやってくる。ホステスも若手教授を自分の客にしたいと思い、「また来てくださいね」と勧誘する。遊び慣れていない若い教授はその言葉を真に受けてリベルティプラザに顔を出す。

「その高い飲食費をめぐってのトラブルなのか、あるいは若手教授とホステスとの個人的なトラブルなのか、それが現段階でははっきりしていないが、数件トラブルになり、椎名教授が後始末をしているらしい」

椎名教授は良識のある教授たちからは白い目で見られていた。しかし、本人はそんなことはおかまいなしに、金の力に任せて票集めに奔走している。椎名に眉をひそめる教授は数多くいるようだが、さすがに家にまで乗り込んで、椎名教授を刺し殺すなどと考えている者は、当然だが誰一人としていなかった。

今後の捜査にもよるが、W大学教授の中には一家惨殺にかかわる者はいないだろうというのが、高寺の下した判断だった。高寺は力みなぎる表情で報告した。

リベルティプラザの捜査を任されたのは、本庁の神田刑事だった。川上則子ママは殺された凛々子から妹のように大切にされ、店を託された。

「凛々子姉さんからは、リベルティプラザを受け継いでほしいと、ほとんどタダみたいなお金で私に譲ってくれました」

川上は凛々子に心から感謝していた。犯人逮捕につながるのならどんな協力でもすると、川上は捜査に理解を示した。

椎名健一教授がリベルティプラザに顔を見せるようになった頃、前夫の椚田の事業は崩壊寸前だった。心労でやつれていく凛々子を心配し、激励していたのが椎名だった。その後の詳しい経緯を川上は知らなかったが、離婚から間もなく椎名教授と凛々子は大人の関係をもつようになったようだ。結局二人は結婚した。

「いつクラブ経営から身を引くか、凛々子姉さんは真剣に考えていたと思います」

クラブを川上に譲った後も、椎名教授はリベルティプラザに顔を見せた。

「椎名先生は大学の同僚や若手の教授を連れて、よく飲みに来られました」

リベルティプラザの飲食費は、すべて椎名教授が支払い、同行した教授にはいっさい負担をかけないようにしていた。

「それは凛々子姉さんから私のところに連絡があり、他の皆さんのお立場も考えて、その場では椎名教授からも一銭もいただかないようにしておりました」

川上ママは神田にそう答えた。支払いは椎名家の経理をすべて取り仕切っている凛々子から振り込まれてきた。酒席を共にした教授たちはどれほど高額な飲食費なのか気づいていないようだ。

椎名教授は川上に頼んでいた。

「今度、彼らが自分一人でこの店に来た時は、気持ちよく飲ませてやってほしい」

若手の教授たちに向かっても、「研究ばかりではなく、たまにはこのような店に来て、気分転換をする必要がある」と説いていた。

それを聞き、若手の中には一人でリベルティプラザにやってくる者もいた。飲み終わった後、請求額に誰もが目を疑った。

川上を呼び、「高額過ぎる」「払えない」とこっそり告げる。川上は店内で支払いのトラブルを起こすのは、他の客の手前マイナスになると考えて、何も言わず、金もとらずに帰した。

椎名教授が連れてきた客が支払いを躊躇《ちゅうちょ》したり、払わなかったりした場合は、請求は凛々子にするようにとあらかじめ川上に告げられていた。

「川上の話によると、椎名教授から入金があったと、その旨を若手教授に連絡したそうです」

神田の捜査報告によって、更科教授の証言の裏付が取れた。椎名教授がリベルティプラザを舞台に、総長選挙に向けて活発に動いていたのは事実のようだ。飲食代を立て替えてもらった若手教授は椎名教授に借りを作ったことになる。

椎名教授の選挙工作はそれだけには留まらなかった。自分の陣営に付いたと思われる有力な教授には、支持者を集めるためならリベルティプラザでの飲食費は自分が負担すると、好きに利用させていた。

そうした有力教授の若手説得工作の様子は、川上から凛々子に逐一報告がなされていたと思われる。更科教授を支持する教授たちも接待を受ける機会があった。会話の内容が川上からすべて椎名教授に漏れていることなど想像もしていない。説得する側も接待を受けた更科側の教授も、酒が入るにつれて口が軽くなり勝手な会話をぶつけ合う。更科側の内部情報をすべて椎名教授は把握していたことになる。

「まだ確かな情報と言えないのですが、更科教授側の大物教授を取り込もうとして、その大物教授とホステスとの間でトラブルが起きているという情報もあります。現在、そのトラブルの内容について聞き込みに回っているところです」

神田からの報告はここで終わった。

相手陣営の大物教授が起こしているトラブルとはいったいどのようなものなのか。その内容いかんによって更科陣営は大きな打撃を受けるかもしれない。椎名教授というより、夫を総長にしようと凛々子が裏で相当な力を発揮し、暗躍していたように思われる。

椎名奈々子の学生時代を捜査したのはM警察署の丸山だった。丸山はまだ三十代前半でフットワークは軽かった。

椎名奈々子はW大学教育学部に入学し、留年もせずに四年後に卒業している。一、二年生は教養課程で、三年生から専攻過程に入る。

「一、二年の奈々子はW大学教育学部の全生徒の中でも、トップ5に入る優秀な学生でした。その奈々子が三年生になった頃、豹変したそうです」

奈々子は入学当時からキャンパスの人気者で、二年生の時にはW大学のミスコンテストで準優勝を果たしている。本人は最初椎名健一教授の長女だということを隠していたが、一般教養課程の社会学概論を教えている教授が奈々子に気づいた。

「あれ、君は奈々子君か」

と教授が話しかけた。その教授と椎名教授は親しく、奈々子を子供の頃から知っていた。その教授の何げない一言から奈々子が椎名の長女だということが学内に知れわたってしまった。しかし、奈々子は一、二年は充実した学生生活を送っていたようだ。

丸山が当時の同級生を片っ端から聴取すると、三年生になった頃から、奈々子の性格が変わってしまったようだ。

それは同級生の誰もが驚くほどの変貌ぶりだった。まるでキャバクラのホステスのような化粧をして授業に出席するようになった。それだけではない。授業に出ても講義はうわの空でノートさえ取ろうとしなかった。

写真週刊誌に「女子大生のオッパイ見せて」という企画にも彼女は登場した。顔は見せていないものの、真っ昼間の路上で、セーターをたくし上げ、下着を外してバストを露出している写真が掲載された。

大学名も名前も仮名だが、着ている派手な衣服と、高級ブランドのショルダーバッグ、指のリングで奈々子だと同級生にはすぐわかってしまった。男子学生に問いつめられると、奈々子は否定するどころか、「私のバスト、きれいでしょう」と自慢してきたようだ。

W大学の近くにはRホテルやFホテルがあった。その二つのホテル内のレストランでW大学の教授たちが昼食を摂ったり、ラウンジを打ち合わせに使ったりしていた。奈々子はその二つのホテルのロビーに頻繁に顔を見せるようになった。

「確証は取れていないのですが、奈々子はそこで売春をしていたと思われます」

丸山の報告に捜査員がざわめき立った。

もちろん椎名奈々子に売春防止法で逮捕された経歴が残されているわけではない。しかし、Fホテルで、父親くらいの年齢の男性と腕を組みながら、奈々子がエレベーターで客室フロアに上がっていくのが同級生によって目撃されていた。その回数も一度や二度ではなかった。

ある雑誌のアンケート調査で、Fホテルは二十代の女性が宿泊してみたいホテルの一位に選ばれていた。W大学の学生もFホテルのラウンジでコーヒーを飲もうと時折姿を見せていた。

「そのホテルにはW大学の教職員も度々訪れるし、父親に見つかるかもしれない場所で何故売春をしていたのか、多くの疑問が残ります」

丸山はそう説明したが、丹下はまったく逆のことを考えていた。おそらく奈々子は売春している姿を椎名健一に見せつけたかったのだろう。

丸山の報告は続く。ホテルのフロント係からも聴取していた。

「実は椎名教授と奈々子は、Fホテルのロビーで鉢合わせをして、人目もはばからずに口論になっています」

フロント係の記憶では、奈々子が四年生になった年だったと思われる。椎名教授はFホテル内のレストランやバーで会食する機会が多く、ホテルの従業員も椎名教授を知っていた。

奈々子が年配の宿泊客と客室ロビーに上がろうとしている時、最上階のバーに同僚の教授を待たせていた椎名教授とエレベーター前で遭遇してしまった。そこで二人は激しくやり合ったようだ。仲裁に入った従業員がその時の様子を詳細に記憶していた。

奈々子を見つけた椎名は、血相を変えて奈々子が親しそうに腕を組む相手が誰なのか問いつめた。

「私、これからこのオジサマと楽しいことするのよ、ねー」

奈々子は腕を組む年配の男性に同意を求めた。エレベーター前には他の宿泊客もいた。相手の男性は周囲の視線を気にしながら、奈々子にそっと聞いた。

「誰、その人」

「この人、W大学の教授で、私を育ててくれた大切なお父様」

奈々子は周囲に聞こえるような大きな声で言い放った。相手の男性は奈々子の腕を無理やり振りほどいて、玄関に走った。そのままタクシーでどこかへ走り去った。

エレベーター前で奈々子が喚《わめ》きたてる。

「三万円、儲けそこなってしまったじゃないの」

奈々子が激しく椎名をなじった。

「止めなさい、みっともない」

しかし、奈々子の異様な怒りは留まるところを知らなかった。椎名は逃げるようにして最上階に上がった。

「椎名教授、奈々子の写真を見せて確認したので、言い争ったのが二人であることには間違いありません」

丸山が確信に満ちた口調で言った。

奈々子は英米文学を専攻した。専攻課程にはいると、奈々子は女子大生から完全に仲間外れにされた。仲間外れというよりも、誰も奈々子に近づかなくなってしまった。理由は目をそむけたくなるような奈々子の男性関係だった。

「教育学部の男子学生すべてとセックスをしていたのではないか、と証言した女性の同級生もいました」

奈々子はミスW大学の準優勝者に選ばれるくらいだから、男子学生の人気は高かった。凛々子からプラチナカードを渡されて、金も自由に使えた。男子学生を連れてホテルのバーで酒を飲み、最後はその男子学生を誘ってホテルの部屋に泊まった。

W大学教育学部の専攻課程には教育心理学科もある。一、二年生の時に同じクラスだった女性が奈々子について語った。

「家庭内で何があったのかわかりませんが、三年生、四年生の奈々子はラブアディクションだったと思います」

昔なら浮気性の女、尻軽女と呼ばれていたのだろう。しかし、薬物やアルコール、ギャンブルに依存するように、次から次にセックスの相手を替えるのも依存症の一つと考えられ、ラブアディクション学会も設立されている。

「奈々子は男子学生から『アディック・ナーナ』と呼ばれていたようです」

美人で金も持っている。すぐにセックスの相手をしてくれる。男子学生にとってみれば都合のいい女子大生だったのだろう。大学を卒業してどこにも就職せず、家事見習いをしていたのは、ラブアディクション状態で社会に出せば、どんなトラブルが起きるか想像もつかない。それを恐れて両親は就職させなかったのだろう。

捜査員の懸命な聞き込みによって、椎名一家のゆがんだ家族関係が浮き彫りになってきた。

ただ成田市街地からどこに行ったのか、全国に指名手配されたにもかかわらず松山徹の足取りはまったくつかめていなかった。松山が事件現場からあの夜立ち去ったとすれば、多額の現金を持っていたとは想像できない。クレジットカードを使用すれば、その動きは筒抜けになる。しかし、松山が自分のカードを使った形跡は一回もない。

成田空港第一ターミナルの駐車場にベンツを止めた後、タクシーで成田市街に出ている。そこからどのようなルートで市街地を出たのか、どこへ向かったのか割り出せずにいた。

ただ二十八日早朝成田空港に着き、成田市街地に出た後、立ち寄った場所一ヶ所が判明した。成田市内のU銀行支店に午前八時、ATMが開くのと同時に飛び込んでいる。ATMから設定限度額いっぱいの百万円を引き出している。防犯カメラ映像には間違いなく松山徹が映っている。この支店を出た後の松山の動向がまったく不明なのだ。

松山は警察から追われるのを十分に認識しているのだろう。現金を引き下ろした支店近くで松山がタクシーを拾った形跡はない。おそらくバスを利用して違う場所に移動したと思われる。

徒歩で移動すればそれだけ防犯カメラ映像に捕捉される可能性は高くなる。バスで移動にするにしても、始発、終点ターミナルを避け、途中下車して、バス、タクシーを小刻みに利用されてしまえば、防犯カメラの少ない地方では、映りにくくなる。

しかし、どこに潜んでいるにしても松山徹がホームレス生活をしているとは思えない。百万円を引き下ろしているのだ。足取りをつかまれないように、ホテルに宿泊しながら転々と移動している可能性が高い。

一通りの報告が終わると駒川本部長は、事件の早期解決に向けて全力で捜査を継続してほしいと捜査員を叱咤激励した。そして火災発生、殺人のあった夜、近隣住民が撮影した動画をローラー作戦で集め、分析してみようということになった。それは椎名家の北側と東側で目撃された五十代の男性二人の特定が進んでいなかったためだ。

松山徹の両親、松山幸治理事長と妻の登司子は息子の安否が心配でたまらないのだろう。松山理事長本人が丹下のところへ直接問い合わせてきた。松山徹は実家にも連絡を入れず不明のままだった。

松山夫婦は、徹が自殺する恐れがあると丹下に連絡してきた。松山理事長は詳しく話したいと、自宅に丹下と横溝の二人を招いた。七日の午前中に松山理事長の自宅を訪ねた。

　松山理事長も妻の登司子も、憔悴しきっていて、寝不足なのだろう、二人とも目を真っ赤に充血させていた。

　応接室に通されると、登司子がコーヒーを運んで来てくれた。登司子も心配でたまらないのだろう。その日は松山理事長の隣に座った。

「昨日電話でお話ししたように、息子は事件の前から、婚約者の件で精神的に不安定な状態に追い込まれていた可能性があります」

　松山理事長が肺の空気をすべて吐き出したかのような深い溜息を一つついた。

「実は……」

　ひとこと言って松山理事長は話すのを躊躇った。

「あなた、お願いします」

　妻の登司子が話すように夫を促した。

「事件から一ヶ月ほど前から徹は睡眠薬を服用していた可能性があります」

　松山徹は皮膚科の医師だが、自分で処方箋を記入し、睡眠薬を薬局で購入することもできる。しかし、松山徹は睡眠薬を服用している事実を誰にも知られたくないと、聖純病院の心療内科の医師に相談した。心療内科の医師は松山徹の症状を聞き、睡眠薬の服用を勧めた。

聖純病院には製薬会社の営業マンが訪れ、自社の薬品を医師に推薦する。当然、添付文書を添えて見本用の薬を医師に託す。

「L社が開発したZ睡眠薬二箱がそっくり心療内科の医師から徹に渡っているのが、昨日判明しました」

椎名一家惨殺事件と松山徹が関与しているとみられ、指名手配されたという報道が流れた。心療内科の医師は慌てて、それで松山理事長に睡眠薬譲渡の件を報告したのだ。松山夫妻はその睡眠薬を使って徹が自殺でも図るのではないかと、それを心配していた。

松山理事長はZ睡眠薬の添付文書のコピーを用意していた。添付文書は薬の詳細なデータとともに禁忌事項も記載されている。

「警察の方でも全力を尽くして捜査にあたっています。もし息子さんの方から連絡があれば、必ず捜査本部の方へ連絡をお願いします」

丹下は松山夫婦に念を押すと、添付文書を持って捜査本部に大至急戻った。司法解剖の結果、奈々子は睡眠薬を服用していたことは判明していたが、具体的な薬名までは割り出せていなかった。開発されたばかりの睡眠薬だったことが影響しているのだろう。しかし添付文書によって奈々子が服用していた睡眠薬は、Z睡眠薬の可能性が出てきたのだ。

鑑識課の照合によって奈々子が服用した睡眠薬はZだと判明した。睡眠薬は松山徹から奈々子に渡った可能性が濃厚だ。睡眠薬を必要としていたのは松山徹本人なのか、あるいは奈々子のために、適当な理由をつけて徹が心療内科の医師からもらい受けた可能性もある。また二人とも睡眠薬を必要とする状態に陥っていたということも考えられる。

大学を卒業した後、奈々子は幽閉状態にあったのではないか。その反発なのか、それとも心の闇がさらに深いものになっていたのか。現段階ではその点について明快な答えは出せないが、死んだ夜、奈々子は睡眠薬を服用していた。

椎名家の近隣住民が撮影した動画が捜査員によって集められた。これほど多くの映像が集まってくるとは、捜査員は思ってもみなかった。近隣住民のすべてが野次馬ではないのかと思えるほどの数だった。

燃えさかる家を背景にした自撮り動画がほとんどだった。アングルを変えている時に、路上に集まっていた野次馬が一瞬だけ映っていた。そうした動画を見ていた横溝が注目した映像が一つだけあった。

茫然とした表情でその男は炎を噴き上げる椎名家を見つめていた。その男の左あごにははっきりとホクロが確認できた。

7　ホットライン

椎名奈々子の部屋も放水によって水浸しになっていた。しかし、パソコンを解析し奈々子が最後に映像と音声でチャットしていた相手は、松山徹だと判明した。松山徹は何度も椎名家に顔を見せている。凛々子や真美子とも親しくなっていたはずなのに、その晩に限って松山徹は家を訪問せずに、午後七時頃から松山が運転するベンツが家の周辺で目撃されている。ベンツは三ヶ所のコンビニの駐車場に車を止め移動を繰り返していた。

さらに出火直前、ベンツが椎名家に入っていくのも目撃され、出火直後にベンツは椎名家から猛スピードで走り去っている。奈々子は出会い系サイトに登録し、痴態を男にさらして月に数万円の収入を得ていた。しかし、親から潤沢な小遣いを与えられている奈々子はそんなサイトでアルバイトする必要はまったくない。

鑑識課によると、その日、奈々子がアクセスしていたのは出会い系サイトではなく、その日の夜は松山徹と二人きりでチャットをしていたようだ。それならなおさら家を訪ね、奈々子の部屋で話すことは十分可能だった。

奈々子の部屋は広く、中央にベッドが、窓際に机が置かれていた。机の上からノート型のパソコンが開かれた状態で回収されている。窓を割って放水されたためにパソコンの位置は元の場所からずれているが、ノート型パソコンに内蔵されているカメラは部屋全体を映していたと思われる。

奈々子がW大学に通いながら、大学近くのシティホテルで売春をしていたのは、親への痛烈な反抗だと思われる。卒業後、両親は就職もさせずに奈々子を自宅に幽閉した。そのことに対する奈々子の屈折した思いが、出会い系サイトでの過激なチャットに走らせたのではないか。その一方で婚約者ともチャットするほど親しい仲になっている。

奈々子は学生時代に売春をしたり、卒業後も自分の部屋にこもり出会い系サイトで、顔を隠しているとはいえ全裸同然の姿を他人にさらしたりしている。松山幸治理事長や妻の登司子は、そんな事実を知れば当然結婚には反対するだろう。松山徹の両親は奈々子の本当の姿を知らない。

椎名健一、凛々子夫婦にしてみれば、多くの問題を抱えている奈々子が、松山徹と結婚し、おとなしく主婦に納まってくれることを心から期待していただろう。

では松山徹はどうなのだろうか。椎名健一はW大学の次期総長と目されている。奈々子はその長女で、W大学準ミスにも選ばれているほどの美人だ。いくら奈々子に夢中になっていたとはいえ、国家試験で医師免許を取得している松山徹が、奈々子の心の闇にまったく気づかないというのはありえないだろう。それがどれほどの深い闇なのか、心療内科の医師でもない松山徹が正しく診断することはできなくても、やはり奈々子の症状には気づいていたとみるべきだろう。わかっていたからこそ睡眠薬を松山徹は同僚の医師からもらいうけたのではないか。

深夜になっても三階大会議室に設置された捜査本部に、丹下と横溝の二人だけは残っていた。

「事件が発生する数時間前から松山が、椎名家の周辺をうろうろしていた理由がまったくわかりませんね」

横溝も松山徹の行動が不可解で仕方ないのだろう。奈々子のパソコンと松山徹のパソコンは、音声と映像で会話ができるようにアクセスされていた。

「俺たちは松山理事長や女房の登司子の話を前提に、松山徹と奈々子が結婚するものと思って捜査をしているが、すでに松山徹と奈々子との間に亀裂が入っていたとしたならどうなるだろうか」

丹下はまったく異なった視点で事件を見直してみようと思った。

「もしもですよ、松山徹が奈々子は自分の思っていたような女性ではなく、とんでもない女性だとわかってしまったとしますよね。そうなると婚約を破棄したいと考えるでしょう。それなら見合いをセットした両親にまず打ち明け、両親から正式に婚約破棄の手続きを進めるのではないでしょうか」

　横溝のいう通りだ。しかし、松山はそうはしていない。

　丹下は逆に奈々子の方が結婚に消極的だったとしたら、どうなるだろうかと考えてみた。奈々子の両親、松山徹本人、そして松山徹の両親が自分の思いとは裏腹に結婚に向けて動き出していた。このままでは意に反して結婚せざるを得ない状況に追い込まれてしまう。

「そうだとすれば奈々子は焦ったでしょうね」

「結婚話を破談に終わらせるためには、奈々子は何をすると思う？」

　丹下が横溝に尋ねた。

「いちばん簡単なのは学生時代に売春をしていた事実を明かし、あるいは今も出会い系サイトで相手の男に裸を見せているといえば、松山徹は逃げ出していたのではないでしょうか」

　丹下は長女のみゆきと高校生の援助交際について話をしたことがあった。援助交際を学校の成績や経済的な問題と関連づけて考えると見誤ると教えられた。援助交際には親への強烈な反抗あるいは復讐の意味合いがあると、みゆきは自分の考えを語っていた。

　奈々子が自らの過去を一切合切明らかにし、今も風俗嬢まがいのことをして金を稼いでいる事実を松山徹に見せつけてやれば、椎名家の社会的な評価は一瞬にして地に落ちる。

　奈々子が松山徹にどのような思いを抱いていたのか、それがはっきりしていない以上、そこから先は推論でしかない。パソコンの履歴では、午後十一時くらいから松山徹と音声と映像で二人のチャットはつながった状態だった。

「奈々子は映像で松山徹に何かを伝えたかったのかも知れんな」

　丹下が自分に言い聞かせるように言った。

「松山徹もいざという時には奈々子の部屋に駆けつけられるように、椎名家の近くをずっとうろうろしていたのではないでしょうか」

「奈々子からホットラインを通じて送られてくる映像を見て、松山徹はベンツで椎名家に走り込んだ。そして、そこに駆けつけた松山徹、椎名一家との間で惨劇が展開された、ということなのだろうか」

「椎名家の三人とベンツから降りて奈々子の部屋に走った松山、その外にも誰かいた可能性はないのでしょうか」横溝が次から次に浮かんでくる疑問を口にした。

　実際、近隣住民の聞き込みにあたった捜査班からは数多くの動画が提供された。その中には左あごに特徴のあるホクロを持つ奈々子の実の父親椚田修平が映り込んでいた。

住民の証言では、その他にも普段は見かけない五十代の不審な男が一人、椎名家の周辺をうろついていたのが目撃されている。事件と関係があるのか、もう一人の不審な男はいまだに特定ができていない。

連休も終わる。奈々子は相変わらずヒルトンホテルのスイートルームに宿泊している。

椚田修平は、出火当時自分の映像が撮影されているとは思っていなかっただろう。丹下たちの聴取には素直に応じたが、疑いをかけられると思ったのか、その事実は話してはいない。改めて椚田から事件当夜のアリバイを聞く必要がある。

その晩国立市の老朽化したアパートを訪ねると、まだ午後九時過ぎだというのに、ベッドで寝ていた。

「まだ何かあるのかよ」

椚田は二人の姿を見ると、ベッドから起き出してきて、吐き捨てるように言った。仕事はハードなのだろう。無精ひげが伸び放題で、顔に疲れが現れていた。顔色も極端に悪い。

「まあ、そう言わずに協力してくれ」丹下は下手に出た。

「ほとんど立ちっぱなしの仕事なんだ。早く終わらせてくれ。明日も早いし……」

丹下と横溝は以前と同じようにキッチンに置かれたテーブルに着いた。

「聞くことがあったらさっさとすませてくれよ」

「あの晩のことをもう一度お聞かせください」

横溝が低姿勢で尋ねた。

「だから前回も言った通り、武蔵小金井のスーパーで閉店の十時まで働いて、それでこのアパートに帰って来たんだ」

「帰宅したのは何時頃でしたか」

「夜の十二時頃だったと思う」

「途中どこかに立ち寄ることはしませんでしたか」

「ああ、どこにも立ち寄ってなんかいないさ。少しでも早く帰って睡眠を一時間でも多く取らないと次の日の仕事に差し支えるのさ」

「よく思い出してみてください」

横溝が椚田に再考を促す。しかし、椚田は平然として答えた。

「毎日毎日、立ちっぱなしで仕事をしていると、まだそんな年でもないのに腰に激しい痛みを感じるようになるんだ」

横溝が小さなテーブルに身を乗り出すようにして再度確認しようとしたが、それを制して丹下が言った。

「あんたが疲れているように、こっちも一日中歩きっぱなしで疲れているんだ。お互いに無駄な時間を費やすのはこの辺で終わりにしないか」

丹下の言葉は穏やかだがテーブル越しに椚田を鋭い視線で睨《にら》みつけた。

「そう言われたって、仕事現場からこのアパートに直行直帰して……」

「おい、いいかげんにしろよ」

丹下は相手の襟首をつかんでねじ伏せるような口調で言った。目で横溝に合図を送った。横溝がポケットからタブレットを取り出して、動画を再生した。

椚田は一瞬だが自分が映る動画を見て沈黙した。

「今度はだんまりかよ」

丹下は呆れ果てたといった様子で聞いた。それでも椚田は沈黙している。

「本当のことが言えない理由でもあるのか」

丹下が今度はいたわるように聞く。椚田は一言も発しない。

「わかった。それなら仕方ない。令状取って家と職場を捜索させてもらう」

丹下は立ち上がった。

「では令状を取って改めて来るようにします」

横溝が念を押すように言った。

「わかったよ。正直に話すから会社にだけは踏み込まないでくれ」

椚田はバブル期に寵児としてもてはやされた。落ちぶれたとはいえマスコミにも世間にも広く顔が知られていた。そのために採用を控える会社が多かったのだろう。現在の職場を奪われたくないという思いが強いようだ。

「スーパーDでの仕事を終えた後、どうしたのか正直に話してくれないか」

丹下が四月二十七日夜の椚田の行動を問い質した。

「離婚してから二十年近く、何とか事業を起こして以前のような成功を収めてみせるとあがいてみたが、何をやっても成功とは程遠い状況だった」

四十代の半ばまでは椚田は社会の一線に躍り出て、再び脚光を浴びようと懸命に生きてきたのだろう。しかし、時代がそれを許してはくれなかった。以前に比べれば小規模だったがゲームソフト開発事業に成功しかけた時もあった。しかし、それも線香花火に終わった。

「人間が一生の内に手にできる幸運の量なんていうもんは決まっていて、皆同じなのかも知れない。俺の場合、その幸運を二十代で全部使い切ってしまった。そんなふうに考えるようになって、もうじたばたしないで地道に生きるしかないと腹をくったんだ。それで警備員の仕事をするようになった」

銀座の高級クラブで一晩数百万円を費やしていた椚田が、一万円にも満たない日給で働き、生活の糧を得ている。

「再起しようと必死になっている頃は、それは凛々子を怨んだこともあるさ。あの女がもう少し俺の事業を手伝ってくれたら、少しでも経済的な支援をしてくれたら、浮気なんかしないで俺に尽くしてくれたらと、あの頃の俺は怨みしかなかったよ。だからといってあいつの家に行き、一家を惨殺したなんて思わないでくれよ」

椚田は椎名一家惨殺事件の容疑がかけられるのを十分に予測していた。あの晩、何故椎名家の周辺にいたのか、その理由を説明しなければ容疑は晴れないと思ったのだろう。

「ＩＴ関連の世界にカムバックするのはもう無理だと思うようになり、仕事を終えてアパートに戻り、缶ビール一杯を飲めるだけで幸せだと感じられるようになった。そうしたら別れた嫁への怨みはいつの間にか消えていたけど、娘がどうしているのかが気になり始めたんだ」

椚田が椎名家の所在を知ったのは偶然のことだった。警備会社は正規雇用ではなくアルバイトとして採用されていた。残業手当はあるが交通費は支給されなかった。自宅からなるべく近い現場で働けるように警備会社に頼み込んだ。

小さなガス管工事、水道工事、道路補修工事などの現場に派遣された。Ｍ市Ｎ町の道路補修工事の現場に派遣された。夏の暑い日のことだった。休憩時間に現場を離れ、自販機で購入した冷たい水を飲んでいた。

「その時に椎名家の門柱の表札が目に留まったんだ」

戸主は椎名健一、そしてその横に凛々子、奈々子、真美子の名前が続いていた。離婚後、凛々子は再婚し、娘たちもこの豪邸に住んでいることを椚田は確信した。それが七年ほど前だった。

「そこで別れた奥さんや娘さんたちと再会を果たしたのかね」

丹下の質問に苦笑いを浮かべながら椚田が答えた。

「娘と会うなら実業家として成功してからにしてくれと言われているんだよ。会いにいけるわけがないでしょう」

椚田は凛々子にも二人の娘にも会っていないという。

「では何故あの晩椎名家の近辺をうろついていたんだ」

「父親として何もしてやってこなかった。こんなろくでもない父親でも、この年齢になると娘のことが気になるんだよ」

「それで」突き放すように丹下が聞いた。

自宅アパートがある国立市に近い現場があっても、椚田はM市近辺の現場に優先的に派遣してもらうように警備会社に頼み込んだ。

「嘘だと思なら警備会社に聞いてみてくれ」

「何故、そんなことをしたんだよ」

まだ独身の横溝が改めて質問した。たとえ通りすがりでも、成長した自分の娘の姿を見てみたいという、父親の気持ちはまだ理解できないのだろう。

「時々体力的に余裕のある日は、仕事の帰り道にあの家の周囲を一周してから帰っていた」

しかし、それだけでは娘の姿を見たいという父親の気持ちは充足できないだろう。

「凛々子にも娘にも会ってはいない」

椚田は何度も繰り返した。凛々子から、父親はベンチャー企業で成功した実業家だと聞かされている。それを知っているだけに直接会うのはやはり気が引けたのだろう
「でも二、三ヶ月に一度くらい二階のベランダに出て外の景色を眺めている娘を、遠くから見ることができた」

「見えたのは長女の方なのか、次女だったのかわかるかい」

「離婚したのは奈々子が三歳、真美子はまだ一歳だった。たぶんあれは長女の方ではないかと思う」

椚田が椎名家を一周して仕事から帰るようになった頃、奈々子は大学を卒業した。おそらく二階のベランダに出ていたのは奈々子だろう。

「で、二十七日の夜はどうしたのかそれを聞かせてくれ」

丹下が椚田の事件当夜のアリバイを聞いた。

仕事を終えた後、栩田は椎名宅に向かって原付きバイクを走らせた。仕事現場から二十分も走れば椎名家に着く。

「ゴールデンウィークといっても、それは普通の生活を送れている人の話しで、俺たちのように日給で働いている人間はそういかない。俺は翌日二十八日から五月二日まで五連休で、五月三日からは通常の仕事だった。十時半には椎名家を一周してみたが、二階の一室に明かりは灯っていたが人影は見えなかった」

「それで」丹下がその先を促す。

「いつもならそれで帰ってしまうが、休み前だったのでそんなに慌てることもないと近くのラーメン屋に入ったんだ」

そのラーメン屋で栩田はラーメンを食べ、一時間を過ごしている。それから再び原付きバイクで椎名家に立ち寄った。家の周囲を一周したが、結局、ベランダには誰もいなかった。

「自宅に帰ろうとした時、窓ガラスが割れる音が聞こえたんだ」

原付きバイクを道路の片隅に寄せエンジンを切った。椎名家一階の窓から炎が噴き出しているのが見えた。栩田は東側の塀を乗り越えて、椎名家の敷地内に入った。

「もし家の中に誰かいるのなら助け出さなければと思った」

炎は窓ガラスが割れた部屋から噴き出し、さらに広がっているように見えた。栩田は玄関に回りドアを開けた。カギはかかっていなかった。

「外からだけど何度か椎名家を見ていたので、二階に奈々子や真美子の部屋があるのはわかっていた。二階に駆け上がって二人を助けなければって思ったけど、火の回りが早くて階段を上ることはできなかった」

椚田は火の手が上がったばかりの椎名家に入っていた。走って原付きバイクのところに戻ると、椚田は非通知だが一一九番通報している。

「調べてもらえればわかることだ」

横溝が椚田の携帯電話の番号を聞いた。

「家から誰か出て行くのは目撃しなかったのか」

「いや、誰も見ていない」

「娘が二階にいるのなら、炎をかいくぐってでも親なら助けに行くのと違うか」

丹下の言葉には明らかに非難の意思が込められていた。

「今言った通り階段はめらめらと燃えていてとても上っていけるような状態ではなかったんだ。それで消防署に電話を入れた。電話をした後も、ベランダから助けを求めるようであればすぐにでも飛んで行ってやろうと思って、家の周囲を回っていた」

「二階には本当に上がっていないのか」

「火だるまになっても上がるべきだったと、今は後悔しているよ」

新聞には三人が亡くなっていた部屋の様子がイラスト入りで描かれていた。奈々子は手首を切り、失血死だった。救出が早ければ奈々子は助けられたという思いが栂田にはあるのかもしれない。ただし、それは栂田の証言がすべて事実だと仮定しての話だ。

「本当に二階に上がっていないんだな」丹下が執拗に確認を求めた。

「いくらかつての女房を怨んでいたとしても、子供を育ててくれたのは間違いない。それに娘が重体なら何が何でも助けてやろうと思うのが親だ。それなのに俺は炎にどぎまぎして逃げ出してしまった。最低の父親さ」

栂田は自嘲気味に言った。

「火だるまになろうが、二階に上がって奈々子を救い出していれば、あの子は死なずにすんだかもしれない。あの子に父親らしいことをしてやれる最後の機会だったのかもしれないのに……」

栂田の言葉には無念と悔恨が滲んでいる。

玄関の照明器具は炎の熱で破砕され散乱していた。慌てふためいた栂田は玄関で足を滑らせた。そのはずみでガラス片で右掌を傷つけてしまった。傷は病院に行って治療を受けなければならないほど深くはなかった。しかし、栂田の右掌には大きめの絆創膏が貼ってあった。

椚田の証言が事実であれば、椎名家の玄関のドアノブには椚田の指紋と血液が残されているはずだ。

「あなたの証言を裏付けるためだ。指紋の提出と血液の採取に協力してもらえるな」

丹下の言葉に椚田は無言で頷いた。

「ところで実の父親が仕事帰りに娘の様子をひと目見ようと、家の周囲をうろついていたというのは二人の娘にはわかっていたのかね」

一瞬間が空いた。

「たぶん何も気づいていなかったと思う」

椚田が事実を娘に語らなければ、原付きバイクに乗った五十代前後の男が家の前を通り過ぎたとしか思わないだろう。椚田の姿を見たとしても、新聞配達員か集金人ぐらいにしか見えなかっただろう。

「もう一つ質問に答えてくれ。燃えさかる家に飛び込んで行き、娘を助けようとした。当然ドアノブにも指紋が付くし、ケガをして血が付着しているかもしれない。あなたがあの家に入った事実は消しようがない。にもかかわらず一一九番通報は非通知にしている。殺人あるいは放火にまったく関与をしていないのであれば、非通知にする必要もないと思われるが、どうして非通知にしたのか教えてくれ」

「俺のやることはなんでもかんでも皆中途半端なんだ。娘を助けようと思って家に入り込んだが、炎を見て恐ろしくなり逃げ出してしまった。ドアノブに指紋が付いて家に入った証拠を残しているのに、放火犯と疑われたくないから非通知にして通報している。何一つ一貫してやり通すということが俺の人生にはなかった。それが俺なのさ。運だけに頼って、自分で幸運をつかもうとしてこなかった。その結果がこのざまさ」

後日、鑑識課が椚田のアパートを訪ね指紋と血液を採取した。その結果、椎名家の玄関のドアノブから証言通り、椚田の指紋と血液が残されていたのが判明した。しかし、椚田の指紋と血液が残されていたのは、玄関のドアノブだけだった。結果的には椚田の証言の正しさを立証するだけに終わった。

8　新事実

椚田修平と椎名奈々子、そして真美子との間に交流はなかったのか、真美子にも確認する必要がある。真美子は両親と姉の奈々子の葬儀を終えると、それまで勤務していた病院を退職した。ヒルトンホテルのスイートルームに宿泊し、更地にして新たに建て直すか、早くも不動産会社と打ち合わせをしているようだ。

椚田から事情聴取をした翌朝ヒルトンホテルに出向いた。真美子はこの日もスイートルームで話しましょうと丹下に言ってきた。部屋に入ったのは午前十時過ぎだった。入れ替わりで女性二人がスイートルームから出ていった。

「お友達が来られていたのですか」丹下は何気なく聞いた。

「いいえ、銀座から洋服を運んで来てもらいました」

ソファの上に無造作に積まれたパッケージを見て、横溝が小声で言った。

「全部ヴァレンチノです」

そう言われても丹下にはそれが高級ブランドだとは、言われるまで気がつかない。

「家に戻って使える洋服は持ち出したいと思ったのですが、水を吸っている上、焼け焦げたにおいが染みついているようで、結局全部処分しなければなりません」

それにしても銀座の高級ブランド店から衣服をもって来させるのだから、真美子は普段からＶＩＰ待遇の客なのだろう。

「今すぐ片付けます」

こう言って真美子はパッケージをすべて寝室に運び入れた。リビングに戻ってくると「コーヒーでよろしいですか」と聞いた。「ではコーヒーを」と丹下が答えると、真美子はルームサービスにコーヒーを頼んだ。

数日前の真美子とは別人のように思える。葬儀を終えて気持ちを切り替えられたのかもしれない。それにしても落ち着きとか、自信とか、そうした言葉だけでは表現できない、カーテンの隙間から差し込んでくる朝の強烈な光にも似た雰囲気を真美子は漂わせている。

すぐにルームサービス係がコーヒーを運んできた。係がカップにコーヒーを注ぐ。真美子は二人の刑事にコーヒーを勧めた。

「両親の命を奪った犯人は、いつ逮捕できるのでしょうか」

真美子はコーヒーを静かに口に運びながら聞いた。

ネイルサロンでケアしてもらったのか、マニュキュアが施されていた。

「捜査員が全力を傾けて犯人逮捕に向けて捜査を展開しています」横溝が答えた。

「一刻も早く犯人を逮捕してください」

と、二人に深々と頭を下げてみせるが、真美子のその仕草からは、両親を残酷な方法で殺された怒りも悲しみも感じられなかった。

「ホテルの豪華な部屋に宿泊して、一日をどのようにして過ごしているんですか」

丹下は事件とはまったく関係ない質問をしてみた。

「外出する気にもなれないし、気分が晴れるまでしばらくここで生活し、それから今後のことを考えようかと思っています。食事はホテル内のレストランですませ、後は美容院へ行ったり、フィットネスクラブでボディケアをしてもらったりで、そんなことをしながらなるべく両親のことは考えないようにしています」

真美子の髪はこれから出勤するホステスのように整っていた。肌の色つやも札幌から戻ってきた日とは大違いで、張りと潤いのある肌をしている。それもホテル内のエステを利用しているからだろう。真美子は一人取り残されたというより、あらゆる呪縛から解放されて一人きりの生活を楽しんでいるようにさえ見える。

「今日、おうかがいしたのは他でもありません。実の父親についてお話しを聞きたくてやってきました」

横溝が事務的に訪問の趣旨を伝えた。

「実の父親と言われても、私が一歳の時に両親は離婚しています。母からは実業家だと聞いていますが、実際どこで何をしているかは知りません。両親の死と、私の実父が何か関係でもあるのでしょうか」

真美子の問いには答えず、横溝が続けた。

「実の父親とはこれまでにお会いになったことはあるのでしょうか」

「いいえ。私たちは小さい頃から、事実を母親から聞いて育っていますが、血はつながっていなくても亡くなった父が本当の父親だと思っています」

真美子は椚田修平とは会っていないと言った。

「そうですか。お会いになっていないのですか。ではもう一点、お聞きします。近隣住民の証言では、数人の不審人物が確認されています」

丹下がこう言って横溝に目配せをすると、横溝はジャケットの胸ポケットから三枚のL版の写真を取り出した。いずれも出火した直後に撮影された動画からプリントしたもので、緊急車両が一台もまだ到着していない頃の写真だった。

近所のワンルームマンションで生活する学生が、いち早く火事に気づき通報するのと同時に、仲間と二人で火の手の上がる家を背景に自撮り撮影を試みた。その時の動画だ。学生二人の他にも火事を知って集まってきていた野次馬も写っていた。

その中に左あごにホクロのある男性の写真があった。二枚目の写真にも二人の学生とホクロの男性が写っているが、ホクロの男性は燃え盛る家を見ているため顔の左半分しか写っていない。三枚目の写真にはやはりホクロの男性の後ろ姿とパーカーを着た男性が写っている。いずれの写真も学生二人の顔は明確に確認できる。しかし、背景に窓から炎を噴きあげる家を入れようとしたためなのか、ホクロの男性もパーカーを着た男性も顔は不鮮明だ。

横溝が三枚の写真をセンターテーブルの上に順に並べて置いた。

真美子はコーヒーカップをセンターテーブルの上に置き、三枚の写真に視線を落とした。

「この写真がどうかしたのでしょうか」

写真から顔を上げ丹下を見つめた。

「写っている方に見覚えはありませんか」

「近くに住む学生でしょうが、私は知りません。家から炎が出ているというのに、笑いながら写真を撮っているなんて……」

にこやかな表情を浮かべ、顔を寄せ合って自撮り撮影している二人の学生に腹立たしさを覚えるのだろう。

「その二人ではなく、背後に写っているホクロの男性に見覚えはありませんか」横溝が確認を求めた。

三枚の写真を手に取り、真美子は一枚一枚丁寧に見比べた。写真をセンターテーブルに戻すと、首を横に振りながら答えた。

「存じあげない方です」

やはり椚田修平と奈々子、真美子は幼い時に別れたままで、それ以後一度も会っていないのかもしれない。事件のあった夜、椚田が椎名家の近くにいたのは単なる偶然だったのだろうか。

真美子は専門学校を卒業すると武蔵小金井総合病院に就職した。しかし、奈々子は一日中家の中で過ごしている。勤務帰りに椎名家を原付きバイクで一周してから自宅に戻る椚田に気づいた可能性はある。

「あなたは実の父親と対面はしていないようですが、奈々子さんの方はどうでしょうか。お姉さんが密かに実の父親と会っていたということは考えられませんか」

二歳しか年齢は離れていない。しかも二人だけの姉妹だ。つい最近まで椎名家の二階で隣り合わせの部屋で生活してきた。

「姉がもし実の父親と会っていたとしても、それを私に教えてくれるような性格ではありませんでした」

真美子からは意外な言葉が漏れてきた。

「もちろん同じ家に住んでいるのだから、顔は合わせますよ。しかし、話しらしい話しはもう何年もしていません」

真美子は姉との確執を語り出した。真美子によると、両親の愛情は奈々子に一方的に注がれていたようだ。幼い頃から奈々子は何を習わせても真美子より上手だった。ピアノ、バレーを同時期に始めても上達するのは奈々子の方が早かった。

学校の成績も奈々子の方は常に学年トップで、本当の事情を知らない中学、高校の教師は、「さすがはW大学椎名教授のお嬢さんだ」と奈々子の成績に賛辞を送った。思春期に入ると、奈々子は成績だけではなく、その美しさにも注目が集まった。中学生の時には、大手芸能プロダクションが主催する国民的美少女コンテストに奈々子を出場させてほしいと依頼があったほどだ。

それに比べて真美子の方は、成績はいつも学年の中くらいに位置し、教室の隅にいつもおとなしく座っている暗い印象を与える生徒だった。男子生徒からだけではなく女子の生徒にも真美子は相手にされなかった。

「お姉さんに負けないように頑張って」

こう言われ続けて真美子は中学、高校生活を送ってきた。そんな真美子をことの外かわいがってくれたのは、意外にも健一と凛々子の結婚を反対していた祖父母だった。当時、病院を経営していた祖父は、「ジージの病院で看護師さんになればいい」とまだ幼かった真美子に話しかけ、祖母も「大きくなったらジージの仕事を手伝ってあげて」と、両親の愛情が奈々子に集中するなかで、真美子に気を配ってくれた。

「私の相手をしてくれたのは祖父母だけでした。祖父母が亡くなると、私は家族の誰ことも話しをしなくなっていました。というか、私が誰にも相手にされない存在だったのでしょう」

　椎名家はW大学の次期総長を目指す有名教授の家という社会的な評価とは裏腹に、家庭内の人間関係はかなり複雑だった。その後真美子に実の父親について問い質してみたが、結局何も知らないという返事が戻ってくるだけだった。育ての父親についても、自分の進みたい道を選んで生きていきなさいと言われてきたが、それは姉の奈々子に対してであって、真美子に対して同じ言葉を言われても意味は違っていたという。

「私は高校の成績も大して良くなかったので、大学に行きたければ行けばいいし、専門学校でよければ専門学校に進めばいいと、私の将来に両親とも姉ほど関心はありませんでした。それで姉ほど干渉されずに自分の好きにできたんだと思います」

　では奈々子は自由に自分の将来を選択できなかったのだろうか。大学進学も両親から強要されていたのだろうか。

「姉の本当の気持ち……。そんなの両親にも、そして奈々子自身にもわからなくなっていたのではないでしょうか。あれだけ親にいい子だと褒められながら育つと、褒められることがすべてでそれ以外のことなんて何にもできなくなってしまう」

　真美子は遠い昔の出来事を語るように言った。

捜査本部を覆っている手詰まり感はどうしようもなかった。その沈滞したムードを打ち破ったのは鑑識課だった。椎名家の玄関のドアノブに残されていた椚田の指紋と血液。椚田の血液はA型だった。

鑑識課のスタッフはすぐに異常に気づいたようだ。

奈々子の戸籍上の父親は椚田修平、母親は凛々子になっている。殺された凛々子の血液型はO型だ。A型とO型の親からはA型とO型の子供しか生まれてこない。奈々子はB型で、鑑識課の報告によって、椚田は奈々子の本当の父親ではないことが判明した。鑑識課のこの情報によって捜査本部で改めて会議が開かれた。

大きな進展が見られず、どの捜査員の顔にも疲労困憊《ひろうこんぱい》の色がありありとうかがえる。

「椎名健一は奈々子、真美子を養子にし、実質的には父親だが血のつながりはない。凛々子は二人の娘を産んだが、異父姉妹ということになる。こうなってくると、椚田が真美子の本当の父親かどうかも疑わしくなってくる。徹底的に家族の血縁関係を調べてみる必要が出てきた」

駒川本部長が捜査員に告げた。

真実を知っているのは母親の凛々子本人だが、すでに死亡している。真美子がDNA鑑定に協力してくれれば、二人の親子関係はすぐに確認できる。真美子の説得は、引き続き丹下と横溝に任された。

凛々子が元オーナーだった銀座の高級クラブ、リベルティプラザを舞台に、W大学の次期総長選をめぐって椎名健一と更科教授との間で、水面下で激しい票の獲得工作が行われていた。現在の川上則子ママ、そしてホステスから聴取していたのは本庁の神田だ。

神田は川上ママとホステスの一人が、金銭的なトラブルを起こしていると、他のホステスからこっそりと聞き出していた。神田がそのトラブルについて途中経過だが、会議で報告した。

「高級クラブの経営者とホステスとの間の金銭的トラブルといえば、ホステスへのギャランティーか、あるいは客の未払いの売掛金をホステスに立て替えさせたりと、そんな金銭的なトラブルかと思ったのですが、場合によってはこの問題はリベルティプラザのホステスへの売春強要に発展する可能性があります」

神田の話によると、高級クラブとはいえ経営者は、ホステスの中に「鉄砲玉」と呼ばれる女性を一人か二人採用するらしい。店に多額の売上金を落としてくれる得意客の要求に応じて、ホテルまで付き合うホステスを「鉄砲玉」と呼ぶようだ。

「鉄砲玉として採用されたホステスと川上との間で金銭をめぐるトラブルが起きているのは間違いありません。確証はまだ取れていないのですが、鉄砲玉が寝た相手というのが、どうやら更科派の大物教授のようです。この情報を提供してくれたホステスは、川上が椎名凛々子に更科教授側の情報を流しているのを知っている様子でした。鉄砲玉ホステスも、自分が大学の次期総長選に利用されているのを知って、法外な報酬を川上に要求しているようです」

神田の報告を聞いていると、椎名一家の死の背景には想像もつかないほどこじれた人間関係が潜んでいるように思えてくる。丹下は自分の足がズブズブとヘドロの沼に沈んでいくような錯覚を抱いた。沼の底からは白い泡が次々に浮かんできて水面ではじける。ハンカチで口と鼻をふさぐが異臭があたりを覆い、嘔吐したくなるような気分だ。

神田の報告を受けてM警察署の丸山が立ち上がった。丸山はW大学の奈々子の同級生から聴取していた。大学三年生、四年生の時の奈々子はどんな男とでもセックスをしていたし、大学の近くのシティホテルで売春もしていた。

「一、二年の教養課程の時に仲良くなった三浦晃子という女性がいるのですが、三浦はその後教育心理学を専攻しています。奈々子はラブアディクション状態で、三年生、四年生の時は完全に心を病んでいたと三浦は証言しています。奈々子の話は、コロコロと変わったのでどこまで信じていいのか、三浦はわからなかったといいます。鑑識課の報告に関連する話を、奈々子は学生時代に三浦に打ち明けています」

授業の最中に、椎名教授の同僚が「奈々子君か」と呼んだことから、椎名健一教授の長女であることは周知の事実になっていた。本人もその事実を否定しなかった。それが三年生になると、三浦には椎名健一は本当の父親ではなく、母親が再婚し、自分は母親の連れ子だと三浦には語ったというのだ。

三浦晃子は奈々子がラブアディクションに陥ったのは、事実を知ってしまった精神的なショックも一因ではないかと分析していた。しかし、三浦はすぐにその考えを捨てた。何故なら、その数ヶ月後、真美子は異父妹だと、奈々子は言い出したのだ。

「奈々子の話はあまりにも唐突で、前回の話よりもさらに飛躍していた。それで奈々子は完全に心を病み、病んだ心が言わせた言葉だろうと、そう判断したと私の聴取には答えていました。しかし、三年生の奈々子は自分の出生の秘密を、すでに知っていたことになります」

丸山の報告を聞き、駒川が聞く。

「真美子の血液型はわかっているのか」

事件のあった夜、真美子は札幌にいた。事件とはまったく関係がなく、聴取はしているが血液型など調べていない。

「奈々子が事実を知っていたと仮定してみよう。椎名健一が実の父親ではないというのは、戸籍を調べればわかることだ。しかし、真美子とは異父姉妹だと知るには、少なくとも実父と聞かされてきた栩田修平の血液型と真美子の血液型を知る必要がある。真美子の血液型と母親の血液型はすぐにわかっただろうが、栩田の血液型がわからなければ、異父姉妹だなんて言えない。丹下刑事の捜査からは、真美子と栩田が会っていた形跡はないということだが、この点をもう一度洗い出してみてくれ。それと真美子の血液型をはっきりさせろ」

さらに椎名家周辺の聞き込みと、周辺地区の防犯カメラが捉えた映像が徹底的に集められ、分析された。その結果、事件があった時間帯に椎名家にいた人間は、椎名健一、凛々子、そして奈々子。そこに訪ねていった松山徹、さらに出火直後、椎名家に侵入した栩田修平。この五人の間で惨劇が引き起こされたというのがほぼ確定した。しかし、松山徹の行方は、指名手配したにもかかわらず依然として不明のままだった。

早速、丹下は椎名真美子の携帯に電話をかけてみた。真美子は捜査に協力的で、何か聞きたいことがあれば、いつでもいいから連絡してほしいと、携帯電話の番号を伝えていた。丹下が真美子の血液型を知りたいというと、その理由を尋ねてきた。
「鑑識課によると、事件現場だけではなく、室内の至る所を捜査している。現在のところ血液型だけでもいいから教えてほしいと言われている。今後、ＤＮＡ鑑定も必要になってくるかもしれない。その時にはＤＮＡ鑑定にも協力してほしい」

真美子の血液型はA型だった。

「私の血液型などの情報は、先日まで勤務していた武蔵小金井総合病院にすべて保管されています。専門学校を卒業して以降、健康診断はその病院でしています。院長の方に私の方からお願いの電話を入れておきます。必要であれば、どうぞそちらの記録も見てください」

横溝を武蔵小金井総合病院に向かわせた。椎名真美子のカルテにはA型と記載されていた。

椚田修平A型、凛々子O型、真美子A型で、三人が親子関係であるのはほぼ間違いないだろう。ではB型の奈々子の本当の父親は誰なのか。父親の血液型は必然的にB型かAB型ということになる。

M警察署の丸山刑事は奈々子のかつての同級生だった三浦晃子をさらに聴取することになった。三浦は学んだ心理学を活かして私立高校のカウンセラーとして活躍していた。新聞やテレビで大きく報道され、犯人もまだ逮捕されていない。奈々子の無念を晴らすことにつながるなら、と三浦は協力的だった。

三浦がカウンセラーを務める私立高校は八王子市郊外にあった。高校では上司の目もあるので、八王子駅ビルのすぐ近くにあるホテルのロビーで聴取に応じたいと言ってきた。

丸山は約束の時間午後六時にホテルのロビーに現れた。一階のラウンジで話すことにした。

「現在、全捜査員が犯人逮捕と真相究明に全力を傾けています。事件の全貌を解明する上で、亡くなった奈々子さんの大学三年生頃の豹変に、事件の謎を解くカギがあるのではないかと思って捜査を継続しています。それでももう一度、三浦さんから当時の様子を聞かせていただければと思っています」

周囲には他の客はいない。

「そうですか。ただ私の知っているのは奈々子の一部であって、親友でもなかったのでその点は十分に理解した上で聞いてください」

三浦自身、奈々子が何故「アディック・ナーナ」と男子学生から揶揄《やゆ》されるほど、性的に奔放になったのか、その理由は知らなかった。三浦がはっきり記憶していたのは、椎名健一教授が実の父親ではないと、明確に答えたことと、母親を軽蔑しきっていたことだ。

「軽蔑というよりも、私には憎んでいるように思えました」

「その理由について何か言っていたのでしょうか」

「奈々子の口から漏れてきた言葉で、いくつか記憶に残っているのは、それまではママと親しそうに呼んでいたのが、ある日突然、『淫乱女』とか『売春女』と呼ぶようになったことです」

実際の父親の記憶は奈々子にはなかっただろう。あったとしてもかすかなものだったに違いない。再婚とはいえ、自分を本当の娘同然に育ててくれた椎名健一は大学教授だ。二人が出会った頃の母親の仕事を知ったことで、そうした侮蔑的な言葉で母親をなじるようになったのだろうか。

「母親については若い頃は美人で、銀座の高級クラブのオーナーママだったという事実は、奈々子は知っていました。だから母親の前歴が奈々子の豹変の理由ではないと思います」

三年生の後期から、キャバクラ嬢のような化粧をしてキャンパスに現れ、授業が終わると男子学生を誘ってホテルに消えた。

「何人かの友人はいましたが、当然奈々子から離れていきました。そのうち男子学生も彼女を避けるようになりました」

奈々子が利用するホテルはW大学近くのRホテルかFホテルに決まっていた。そこはW大学の教授たちも利用していた。奈々子と一緒に出入りするところを担当の教授や椎名教授に見つかればと、男子学生はそれを恐れ奈々子を敬遠するようになった。

「それで奈々子は出会い系サイトで男をホテルに呼びつけるようになったんです。この頃の奈々子には何を注意しても無駄で、私は精神科の医師の治療を受けるように言いました」

奈々子の成績は当然落ちていったが、留年したり必修科目を落としたりするということはなかった。

「彼女の口から、家族について何か語られたというようなことはないでしょうか」

「母親への憎しみは尋常ではなかったですね。『あの淫乱女と同じ血が流れているかと思うと、今すぐにでも死にたくなる』と感情失禁を起こしたように泣き出した時もあります。妹さんについては、性格が悪くて困るとぽつりと呟いたのを記憶しています」

自分が通うW大学の教授でもある父親については、奈々子は三浦にも、そして他の友人にも、ベッドをともにした男子学生にも一言も発したことがなかったようだ。

9　スキャンダル

リベルティプラザは警視庁から徒歩でも十五分くらいのところにある。リベルティプラザ関係の捜査は、本庁の神田刑事に任された。

更科教授派の一人、大河原教授は教育学部の影の学部長とも言われている。大河原は更科教授が総長に就任した暁には、自分は教育学部の学部長に納まるつもりでいる。

椎名は何度か大河原をリベルティプラザに誘い、酒席を共にしたことはある、しかし、大河原は椎名の魂胆を見抜き、椎名側に一票を投じるどころか、舌鋒鋭く椎名を批判していたようだ。そこで椎名は教育学部教授ですでに協力を約束してくれた中平教授を仲介役に使った。

中平教授は大河原教授を誘って何度もリベルティプラザにやってきた。そのテーブルに麻美と京香という二人のホステスを川上則子は着かせた。京香がいわゆる「鉄砲玉」だった。一方、麻美の方はＩ大学を卒業し、アメリカの大学で本格的に経済学を学びたいと留学費用をためる目的でホステスをしていた。

川上が麻美をそのテーブルに座らせたのは、麻美なら中平や大河原の会話に十分対応できると思ったからだ。一方、京香には、大河原がことのほか気に入っているようなので、それなりの謝礼はするからホテルまで同行してやってほしいと、川上は告げていた。

大河原は更科教授からリベルティプラザでの接待攻勢や川上ママと椎名教授の妻との関係について聞いていたので、慎重な態度は崩さなかった。中平が懸命に説得を試みると、川上ママやその他のホステスに会話の内容を悟られまいと返事は英語で答えるという対応を取った。それに対して中平も英語で応酬した。しかし、二人の会話の内容はすべて麻美に把握されていた。

川上の魂胆などまったく理解していない麻美は、英語の会話の内容をすべて川上に翻訳して伝えた。そうした席を何度か経験しているうちに、麻美は川上ママと前オーナーの凛々子がつながっていることを知った。それだけではなく他のベテランホステスと話しをしているうちに、京香は客とのセックスに応じるためのホステスだということもわかった。

京香は中平と大河原の英会話の内容がわからなくても、川上の依頼から自分が何を期待されているのか、それは十分に理解していた。そしてその役目を十二分に果たしていた。京香は「成功報酬」で川上から百万円を受け取っていた。京香と大河原教授のホテルでの一夜は椎名派にとっては更科派を窮地に追い込む材料となる。背後にはW大学の次期総長に就任するかもしれない椎名健一がいることを知り、京香は報酬金額をつり上げてきたのだ。

麻美がリベルティプラザを辞めるきっかけは、京香からの一言だった。

「あんたも金が欲しいんだろう。川上ママにもっとギャラを寄こせって言えばいいんだよ」

リベルティプラザを舞台にしてW大学の次期総長をめぐる水面下での交渉が行われていることを知り、いくら高収入が得られるアルバイトだとしても麻美は自分のいる場ではないと判断して、リベルティプラザを去ったのだ。

京香はかなり気が強いのか、週に三日はリベルティプラザに何食わぬ顔で出勤している。川上も京香を解雇できないのは自分の方にも弱みがあるからだ。

京香は大河原教授にも報酬を要求しているらしい。「鉄砲玉」ホステスの京香は、双方の弱みを握り、銃口を川上と大河原に向けるようになったらしい。

神田はまずリベルティプラザを離れた麻美を訪ねた。麻美は有楽町から深夜にタクシーで帰っても、それほど乗車料金のかからない品川に住んでいた。十二階建てマンションの三階で、それほど高額な賃貸料がかかるマンションのようではなかった。

玄関ドアのインターホンを押した。麻美は警視庁と聞いて、「どのようなご用件でしょうか」とインターホン越しに尋ねてきた。神田はもう一人の捜査員と、警察手帳を提示した。それでも麻美は慎重な性格のようで、ドアチェーンをしたまま少しドアを開いた。

　神田はもう一度麻美に見えるようにして警察手帳を提示した。部屋は2DKで、若い女性らしくテーブルクロスも部屋のカーテンも淡いピンクで揃えられていた。一部屋は寝室のようでドアが閉じられ中をうかがい知ることはできない。

　片方の部屋をリビングとして使っているようだ。壁際の机にはノート型のパソコンが置かれ、書架には英語の本や経済学の本がびっしりと並べられていた。部屋の中ほどにおかれたソファに神田ともう一人の刑事が座った。

　神田は椎名健一、凛々子夫妻の殺人事件を捜査していると告げた。

「ご存じだと思いますが、凛々子はかつてのリベルティプラザの元オーナーです。夫はW大学の国際教養学部の学部長。椎名教授は次期総長の有力候補ですが、リベルティプラザで総長選挙をめぐって、水面下で様々な駆け引きが行われていたようです。あなたからは中平教授と大河原教授との間で、どんな話しがされていたのか、その点についておうかがいしたいと思います」

「確かに中平先生と大河原先生のテーブルには私も着きました。中平先生は、大河原先生が反椎名派の教授だというのを知っていて、これからの大学経営は単に学者として優秀なだけではなく、経営者としての感覚も必要で、その点椎名教授は更科教授よりもはるかに優れた経営感覚をお持ちになっている。大学の将来を考えて、次の選挙では是非椎名教授に大学の未来を託す決断をしてほしい、そんな話を熱い口調で中平先生はしきりにされていたと思います」

しかし、大河原教授はほとんど中平教授の説得を聞き流していたようだ。神田が聞き出したいのは、総長選の票取り工作ではない。

「あなたと一緒に京香というホステスがテーブルに着いていたと思うが、彼女と川上ママとの間で金銭をめぐるトラブルが起きているようだ。その事情を知っていたら教えてほしい」

すでに麻美は店を離れている。神田は単刀直入に聞いてみることにした。

「あの店に籍を置いたのは半年足らずです。留学の費用をためる目的でホステスをしてみたのですが、予想以上に大変な仕事でした」

麻美はその半年足らずの間に銀座の夜の世界の厳しさを垣間見たのだろう。新聞には毎日目を通し、英語も話せると面接の時に川上ママに答えるとその場で採用が決まった。リベルティプラザに通って来る客は会社経営者や一部上場企業の部長職以上のポストに就いている者がほとんどだった。

そうした席や会社接待のテーブルでは、麻美は自分が学んできた経済学や毎日読んでいる新聞の知識が役立った。中には外国人の客もたまにはいたが、そうした客にも臆することなく麻美は川上ママの期待に応えていた。

「ホステスの世界も競争が激しく、どれだけ自分を指名してくれる客がいるかによって報酬が変わってきます」

リベルティプラザを訪れる客の中に麻美を指名する客が次第に増えていった。それにともなって麻美に対する風当たりが強くなっていった。

「鉄砲玉ホステスはいいわね」

面と向かってそう言ってくる先輩のホステスも少なくなかった。最初は「鉄砲玉」の意味が麻美には理解できなかった。

「京香さんと組んでうまいことやっているのね」

ホステスたちは麻美も京香と同じ仕事をしていると思っていた。あるいは思っていなくても客を取られた悔しさから、裏で誹謗中傷していた。

「最初のうちはそんなことを言われても、まさかお金のためにそこまでするホステスはいないと私は思っていました」

しかし、一度京香と食事をした。京香がそうした誹謗中傷《ひぼうちゅうしょう》をどのように思っているのか聞いてみた。

「なんだ、そんなこと。私は何も気にしていないわ」

麻美には意外な返答だった。

「腹が立たないんですか」

「別に、だって事実だもん」

京香は否定せずに「鉄砲玉」の事実をあっさりと認めた。

「彼女は川上ママから頼まれれば、どんな客の相手でもすべて応じていました。その都度、給与とは別に特別な報酬をもらっていました」

「その報酬をめぐって川上ママと京香の間で、金銭のトラブルが起きているようですが……」

「大河原先生の件ですね」

川上ママが出した条件は大河原と付き合えば、百万円渡すというものだった。破格の条件に京香はすぐに了承した。

「京香さんは大河原先生とホテルまで同行したと思います。そこで何があったか知りませんが、京香さんはさらに三百万円を要求するようになったそうです。私はいくら仕事とはいえ、そうした人たちと一緒にお酒を飲んだり話したりするのがとても苦痛になり、あの店を辞めてしまいました」

麻美が把握しているトラブルの実態はそこまでだった。名門大学といわれるW大学でも、総長選挙は金と女にまみれていた。神田はうんざりした気分で麻美のマンションを離れた。

京香は市ヶ谷にある高層マンションで暮らしていた。一ヶ月の家賃は少なくとも四、五十万円はかかりそうなマンションだ。いくら銀座でホステスをしているとはいえ、給与だけで生活を維持するのは困難だろう。おそらくリベルティプラザ以外にも収入があるに違いない。

京香の部屋は二十五階にあった。麻美は警察の訪問を受けて緊張した面持ちでドアをあけたが、京香は宅配便の荷物を受け取るような調子でドアを開いた。警察手帳を提示すると、「何の用」と神田に尋ねた。

「少し込み入ってるんだ。部屋の中でゆっくりと話しがしたい」

そう告げると神田と同行する若い刑事を部屋に上げた。

「一時間くらいでいいかな。その後は出勤の用意をしなくてはいけないから」

リビングに通されたが、床には足の踏み場もないくらいにファッション雑誌と漫画本が散乱し、テーブルの上には袋を開けたスナック菓子、ビールの空き缶、スープの残ったカップラーメンが雑然と置かれていた。

京香はソファの雑誌を手で払いのけると、そこに座るように勧めた。

「私のこと、いろいろ調べているんだってね」

リベルティプラザに勤務するホステスからすでに情報が入っているのだろう。

「それなら話しが早い。川上ママとの間の金銭トラブルについて聞かせてもらおう」

部屋はたばこと香水、カップラーメンのスープの臭いが混ざり合い、淀んだ臭気に思わずハンカチで鼻と口を塞ぎたくなる。外は五月の爽やかな天気だが、京香は換気のために窓をあけるようなことは何日もしていないのだろう。鼻の感覚がマヒしているのかもしれない。

「トラブルといってもさ、もう少しギャラをはずんでくれてもいいだろうって頼んでみただけよ。トラブルっていうトラブルにはなっていないよ。実際私はあの店をクビなっているわけでもないし」

「そのギャラだけど、何のギャラなのか聞かせてほしい」

「リベルティプラザに来る客は、みんな紳士面して酒を飲んでるけど、ひと皮むけば男なんて皆同じだよ。いい女を抱きたいだけさ。私はそうした客の要求に応えているだけ」

場合によっては川上ママも京香も売春防止法に抵触する恐れがあるのを、まったく認識していなかった。売春防止法の説明をしても京香にはまったく理解できないだろうと神田は思った。

「川上ママから依頼された大河原教授の件で、いくらもらったんだ」

「百万円」京香は悪びれることなく答えた。

罪悪感がまったくないのだろう。

「なんでそんなに高額のギャラがもらえるんだ」

「理由は簡単だよ、私が大河原先生と寝て、楽しい夜を一緒に過ごしてやるからだよ」

京香はまだ二十代前半と思われる年齢だ。一方大河原は五十代半ば、何の抵抗もなく京香は大河原の相手をしたのだろうか。

「あのジイサン、年の割にはしつこくて一晩寝かせてもらえなかったのさ。それにいろんな要求がひどくてさ、それでママにはあと三百万円くらい出してくれてもいいだろうって、言ってみただけさ」

しかし、川上ママからは「考えておく」とだけ返答をもらい、百万円以外の報酬は受け取っていなかった。

「大河原教授と寝るだけで百万円もらえるのか。ホステスもいい商売だな。何人のジイサンと寝たら、こんな高級マンションで生活できるんだ」

「人数？　そんなの覚えているわけないじゃん。刑事さんはこれまでセックスしてきた回数覚えているの」

京香は麻美とは対照的に、高校を卒業していてもそれほど勉強には熱心ではなかっただろうと思われる。京香には男性週刊誌のグラビアから飛び出してきたモデルのような若さがあった。京香の持つ快活さと、そして金のためなら躊躇うことなく男と寝るというのを見抜いて、「鉄砲玉」ホステスとして川上は採用したのだろう。

「大河原教授は特にギャラがよかったようだが、普通はいくらぐらいのギャラで引き受けているんだ」

「そうね、一晩二、三十万円くらいかな」

「そうするとこれくらいの高級マンションでぜいたくに暮らすには、一週間に二、三回はそうした客とつき合っていないと、生活は大変になるだろう」

神田は挑発するように聞いてみた。

「そんなに頑張らなくても、面倒を見てもいいよって言ってくれる男はいるんだよ」

京香には特別なスポンサーがいるようだ。

「刑事さん、何もわかっていないようだから教えてやるよ。銀座の夜の世界も、新宿の風俗の世界も、金を儲けられるかどうかは、ボーダーラインを越えられるかどうかにかかっているんだよ」

「ボーダーライン」思わず神田は聞き返した。

「そうさ、誰だって好きでもない男とセックスしたり、あれをくわえろといわれて、そうしたりするのはいやなんだよ。それをするには何もかも捨ててボーダーラインを越えるしかない。金はその代償さ。ただ一度ボーダーラインを越えると、元の場所に戻れない。銀座ホステスの世界では、ボーダーラインを越えてしまったホステスがオーナーママになって銀座でクラブをオープンさせ、成功した例はないって、皆そう言うよ。でもそれもウソ。リベルティプラザがそのいい例だよ」

神田は京香の言っている意味がわからずに、訝る表情を浮かべた。それを察したのだろう。

「川上ママだって先代のオーナーママの鉄砲玉ホステスだったし、今は椎名教授の妻に納まっている先代オーナーも、昔はイケイケで、次から次に金を持っている男に乗り替えていたという話だよ」

川上ママからの報酬は、ホテルでの様子を詳細に伝えると、銀行の帯封が付いた百万円を直接手渡されたようだ。

「私、そろそろ出勤の準備をしないといけないのよ」

京香のマンションを出ると、着衣に部屋の臭気が染み込んでいるようで不快でたまらなかった。ＪＲの市ヶ谷駅まで十分ほど時間をかけて歩いてみたが、それでも臭いが気になった。

捜査本部に戻るにはまだ早すぎる。神田たちはそのままＷ大学教育学部に向かった。大河原教授から直接話を聞いてみたい。Ｗ大学は山手線の高田馬場駅から徒歩で十五分くらいのところにキャンパスがある。正門受付から大河原教授の研究室に連絡を入れてもらうと、その日の授業はすべて終わっていた。大河原教授は快く聴取に応じてくれるようだ。

教育学部教授の研究室は正門から一番奥まった校舎にあり、大河原教授の部屋は十五階にあった。エレベーターからまっすぐに廊下が伸びていて、その両側にハーモニカのように研究室が並んでいた。多くの研究室のドアは開けたままになっていて、部屋から教授や学生の声が聞こえてくる。大河原教授の部屋はドアが閉じられていた。ノックすると「どうぞ」という声が聞こえてきた。

神田がドアを開けたままにしようとすると、「閉めてください」と大河原が言った。研究室は窓際に大河原の机が置かれ、机の上はうず高く積まれた書類がいまにも崩れ落ちそうに傾いていた。教授の机の前には二つずつ机が向きあうように並べられていた。

「そちらの席に座ってくれますか。大学院生の授業も今日はもうありませんから」

向き合うように置かれた机は大学院生が使用するものらしい。他の研究室から声が聞こえてきたのは、大学院生の講義がそこで行われていたのだろう。

「最近はセクハラの問題もあって、学生の中に女性がいると部屋のドアを開けたまま授業をしなければならないんです」

名刺を二枚手にして大河原教授は神田の真ん前に座った。

「椎名一家の事件を捜査されているんでしょう」

大河原が確かめるように聞いてきた。

「その通りです」

「もうご承知かと思いますが、本人も上昇志向の強い人だし、なんといってもその背後にはあのやり手の奥さんがいましたから、学内にはかなりの敵がいたのも事実です」

大河原は京香を連れてホテルで一晩過ごすようなタイプにはまったく見えない。

「まあ、私は反椎名派の代表の一人のようなものですから、あの惨殺事件に関係があると思われても仕方ないのかもしれませんが、とても包丁を振り回して二人を刺し殺するほどの体力は私にはありません」

大河原は冗談を交えながら言った。

「もちろん大河原教授があの殺人事件に関与していると思ってきたわけではありません」

大河原は意外だといった表情を浮かべた。

「私たちが捜査しているのは、椎名ご夫妻の人間関係です」

「というと……」

大河原は身を乗り出して神田に聞き返した。

次期総長選をめぐってリベルティプラザで様々な選挙工作が行われていた事実を告げ、リベルティプラザで受けた接待について聞きたいと伝えた。

「その接待とあの殺人事件とが何か関係しているんですか」

「それを今捜査しているところです」

「あの銀座のクラブはもともと椎名教授の嫁が経営していた店です。今も嫁の影響下にあるらしく、あのクラブに教授たちを呼んでは票集めの工作がされているのは知っています」

「大河原教授もあの店で接待を受けていますね」

確認を求めると大河原は笑みを浮かべながら答えた。

「その件ですか」

大河原は中平教授を誘われて数回リベルティプラザで飲んでいた。中平教授から大学の将来を見据えて椎名教授支持派に回るように要請された。しかし、大河原はそれをきっぱりと断っている。

「私が中平教授の誘いに乗ったのは、あのクラブで酒といかがわしいサービスで若い教授たちが弱みを握られているという噂を聞いて、更科教授から事実を調べてほしいと頼まれたからです」

「大変失礼ですが、大河原先生もそのいかがわしいサービスをお受けになったことはないのでしょうか」

大河原は神田の質問に声を出して笑った。

「その話をお聞きになりたいわけですか」

大河原はすべての事実を把握していた。若手教授が椎名に誘われてリベルティプラザで飲み、その後若手教授が一人で店に飲みに行き、その飲食代を椎名教授に立て替えてもらったり、あるいはホステスを誘ってホテルで一夜を過ごしたりして弱みを握られていた。その罠にはまってしまった若手教授たちから聞き取り調査をしていた。

「その話を確かめるために中平さんの誘いに乗りました。ホテルには二人でチェックインしましたが、その部屋には更科さんにも来てもらいました」

そこで川上ママから指示されている内容を京香本人から直接に聞き出していた。話を聞きたければ金を出してほしいと京香から金銭を要求され、更科と大河原はその要求を呑んで、事実を聞き出している。

「私と更科教授で五十万円ずつ出し合って、彼女にそれを渡しました」

京香は金には抜け目がないのだろう。川上ママには大河原教授と寝たような報告をする一方で、大河原や更科教授と話しているうちに、自分が総長選に利用されているのを知り、それでさらに三百万円を要求したのだろう。

「私はあのホステスと一晩過ごしたように、おそらく椎名教授には報告されていると思います。ですから三人で話した会話はＩＣレコーダーで記録しているし、身の潔白を証明するために更科教授と一緒に部屋を出るとルームチャージを清算し、部屋に女性が宿泊することをフロントに告げてからそのホテルを出ています」

椎名側の手口は更科教授、大河原教授によって証拠を逆に握られていた。彼らには椎名夫婦を殺さなければならない動機などまったく存在しない。

「率直に言うと、大学の総長選挙であそこまでひどいことをよくやるなというのが、私の感想です」

椎名教授が何者かによって殺され、醜い水面下での総長選に終止符が打たれ内心では安堵している様子がうかがえる。

「椎名教授を若い頃から知っているのですが、医者にはなりたくないというのがあの人の口癖でした。研究もあの頃は熱心でしたが、あの嫁さんと結婚してから性格が変わってしまった」

大河原によれば、椎名は結婚後、学部長、そして総長の座を狙うようになったという。凛々子の影響を受けて椎名の生き方が変わったように思えると大河原はその変遷について語った。

「こんなことを申しあげていいのかどうかわからないが、亡くなった奈々子君もあの家庭で、いろんな悩みを抱えていたような気がする」

大河原教授の口が急に重くなった。奈々子について何かを知っているような口ぶりだ。

「事件の捜査は難航しています。もし何か思いあたるような節があるのであれば、どんなことでもかまいません、情報をご提供ください」

「実は奈々子君は教育学部で、私のゼミを受講していたのです」

教育学部で英米文学を専攻する学生は、将来は英語の教師を目指している。大河原は英米文学のゼミを担当する教授でもあった。

「奈々子君の成績は一、二年生の頃は上位だったが、三年生の秋から急激に落ちていった。そのうちよからぬ評判が私の耳にも入ってきた。この研究室で彼女からその理由を実は聞いたことがある。とても信じられない話だし、私の力ではどうすることもできない。それで心療内科の医師に相談するように勧めたことがあった」

大河原も奈々子が教育学部の男子学生と手あたり次第にセックスし、売春をしているという噂を耳にしていたのだろう。

「奈々子は左手首が切り落とされるのではないかと思えるほど深く切って、失血死しています。まだ若い奈々子が何故死ななければならなかったのか、私たちは真相を明らかにしなければなりません。学生時代の奈々子について、何か知っているのであれば是非お聞かせください」

大河原が奈々子本人から学生時代に相談を受けた内容は、にわかには信じられない内容だった。しかし、大河原がそんな虚言を語る必要性はまったくない。

大河原の研究室を出た神田たちは、M警察署の捜査本部に大急ぎで戻り、捜査本部長に大河原の証言内容を伝えた。

10　失踪

五月十二日朝、美津濃朋子は新宿ゴールデン街にあるスナック美津濃を一人で切り盛りし、一睡もしないでそのまま中野警察署に駆け込んだ。夫の澄夫が二日前から姿を消してしまったのだ。店の経営は逼迫《ひっぱく》しているが、朋子がこれまでに買いためた貴金属や高級ブランド品を専門店に買い取ってもらえば、三、四ヶ月は十分に生活できる。

滞りがちだった酒の量販店への支払いも半分を納入し、月末には残りの半分を振り込むことで通常の仕入れができるようにもなっている。夫が失踪しなければならない理由などない。

十日ほど前、夫から大金が転がり込んでくるという話を聞かされた。それ以来、夫は店にも出ないで軽乗用車で朝から晩まで飛び回っていた。

夫は若い頃、銀座や六本木でクラブの店長をしていた。その頃の夫は銀座のホステスと付き合っていた。朋子と出会う前のことだった。その後、彼女はW大学国際教養学部の椎名健一学部長の妻になっていた。彼女が突然テレビに映し出されたのだ。椎名教授と一緒に何者かによって惨殺された。そしてもう一人、長女が自殺をはかり搬送先の病院で亡くなった。

夫はこの事件を報道するニュースを、まるで幽霊でも見てしまったかのように呆然と見つめていた。夫が大金の話しを始めたのはその直後だった。生活に困窮するあまり、妄想に取りつかれたのではないかと朋子は思った。

女性関係は派手でだらしなかったが、雇われ店長をしている時でも、独立してからも経済的な面は几帳面だった。店の売上金に手をつけるようなことは一度もなかった。若い頃、高級クラブの店長を任されたのは、金銭面では経営者を裏切るような行為は一度もなかったからだ。

朋子も夫の几帳面な性格を知り尽くしていたから、椎名一家惨殺事件のニュース報道の後、夫から聞かされた話を信じることができたのだ。夫の言っていることが事実なら、合法的に途方もないカネが転がり込んでくるかもしれない。

朋子が仕事を終えて明け方自宅に戻ると、入れ替わりで夫は外出していった。しかし、二日間も帰宅しないのはやはり異常だ。

中野警察署の受付で捜索願を出したいと言うと、生活安全課で話をするようにと案内された。

朋子の対応にあたったのは五十代後半と思われる谷口という警察官だった。谷口に夫が二日間も帰宅していないと告げると、友人、知人宅に身を寄せていないのか、その確認を取ったかを聞かれた。朋子はそうしたことはいっさいしていない。

「奥さんくらいの年齢の夫婦で、何の理由もなく、連れ合いがふっと姿を消してしまうケースはいくらでもあります。捜索願を出す前に、ご主人の行っていそうなところに一度電話を入れるなりして確認されたらどうでしょうか」

大の大人が、二日間姿が見えなくなったくらいで捜索願を提出されても、警察はいちいち相手にできないと、谷口の額に書いてあるような対応だ。

朋子は夫から聞かされた話を谷口にした方がいいのか迷った。したところであまりにも唐突すぎて信じてもらえないだろうと思った。しかし、このままでは捜索願の提出も先送りにされそうな雰囲気なのだ。

朋子は椎名一家惨殺事件のニュース番組の後、夫から打ち明けられた話の内容を谷口に説明した。谷口はますます沈鬱な表情を浮かべるようになった。

「ご主人は精神科かあるいは心療内科の診療歴はあるのでしょうか」

そう思われるのを危惧したから朋子はすべてを話すのを躊躇ったのだ。しかし、ここまで話した以上、捜索願を提出し中野警察に受理してもらわなければならないと思った。谷口から捜索願の書類をもらい、必要事項をすべて記入した。

谷口は渋々だったが、捜索願を受理した。

「ご主人の写真ってありますか」

スマホの中にスナック美津濃で撮影した夫がカクテルを作る写真が保存されている。朋子は中野警察署近くのコンビニに立ち寄り、その写真をプリントし、谷口に手渡して帰宅した。


M警察署内に設けられた椎名一家惨殺事件の捜査本部に、奇妙な捜索願の照会があったのは五月十二日の夕方だった。竹沢署長から駒川本部長に伝えられた。駒川は丹下と横溝の二人に、美津濃朋子から事情聴取するように命じた。

鑑識課から奈々子と真美子は異父姉妹という結果を聞かされていた直後だけに、捜査本部長も敏感に反応したのだろう。そうでなければ無視されてしまう事案だ。

もう一つ、捜索願に添付されていた美津濃澄夫の写真だ。駒川捜査本部長もすぐに気づいた。椎名宅が炎に包まれた直後、近所に住む学生が自撮り動画を撮影していた。その中に椚田修平が映っていた。椚田が映り込んだ映像には不鮮明だがもう一人パーカーを着た男性が映っていた。その男性と捜索願に添付された美津濃澄夫の写真が酷似しているのだ。

中野警察署を通じて朋子に連絡を入れてもらうと、新宿ゴールデン街のスナック美津濃で会いたいと返事が戻ってきた。店が混み始めるのは午後九時過ぎで、それ以前なら落ち着いて話しができるということだった。

丹下がゴールデン街に足を踏み入れるのは、大学を卒業して以来初めてだろう。スナック美津濃はすぐにわかった。入ると「いらっしゃいませ」とカウンターの中から声がした。

横溝が警察手帳を出すと、女性はカウンターから出てきて、「準備中」という札をドアノブに吊るし、閉めて中から鍵をかけてしまった。丹下と横溝はカウンター席に座った。

「美津濃朋子さんですね」横溝が確認した。

「そうです。ご面倒をおかけします」

中野警察署からの情報によれば、朋子は四十二歳だが、三十代にしか見えない。水商売の世界で、色気も商売道具の一つと考えているのか、メイクやファッションにも気遣っているようだ。

カウンターに戻り、朋子はグラス二つを差し出した。ビールを注ごうとしたので、グラスの上に手を置きそれを制した。

「ご主人の失踪について話を聞かせてください」

丹下が要件を伝えた。

朋子は四月二十八日午後のワイドショーで、椎名一家の惨殺事件のニュースを見た時の様子を丹下らに語った。

「その数日後です。刺殺された椎名教授と凛々子さんの長女奈々子さんは本当は俺の娘なんだと、突然おかしなことを言い出したんです」

丹下と横溝は思わず顔を見合わせた。

「ご主人の血液型はわかりますか」横溝が間髪容れずに聞いた。

「捜索願にも書きましたが、夫はB型です」

母親の凛々子はO型、奈々子の血液型がB型だから、父親はB型かAB型になる。しかし、ニュースを見て何故自分は奈々子の父親だと言い出したのだろうか。唐突な印象は免れない。

「この話を普通に聞けば、夫は気が変になったと誰でも思いますよね」

朋子も最初はそう思ったようだ。しかし、美津濃澄夫は父と娘であることを証明するDNA鑑定を受けていた。

「DNA鑑定ですか」丹下が驚いたように聞いた。

「そうです。その記録が家のどこかに残っているはずだと、夫はそれを懸命に探していました」

美津濃澄夫が妻に語ったところによると、六、七年ほど前に突然、椎名真美子と名乗る女性が夫に連絡を取ってきた。美津濃澄夫が椎名真美子と会うと、椎名凛々子の次女であることがわかった。

「その時に、夫は昔の恋人が椎名健一教授と再婚したのを知りました」

椎名真美子が美津濃澄夫に接触してきた理由は、姉の奈々子とは異父姉妹の可能性があり、姉が本当の父親を知りたがっているので、父親探しに協力してほしいというものだった。

椎名奈々子の本当の父親として何故美津濃澄夫の名前が挙がったのか。戸籍上の父親は椚田修平になっている。

「奈々子さんと真美子さんの二人が、母親を厳しく追及したら美津濃澄夫の名前を挙げたそうです」

椚田と凛々子は正式に結婚し、それから七ヶ月後に奈々子が生まれた。結婚前に美津濃澄夫の子供を妊娠していたことになる。

「凛々子さんは夫よりもカネ回りの良かった椚田を結婚相手に選び、妊娠直後に夫は捨てられたんだと言っていました」

椚田は凛々子が他の男の子供を妊娠しているのを承知の上で結婚したのだろうか。椚田本人に確かめる必要がある。

「しかし、一家惨殺のニュースを見て、何故ご主人は何年も前のDNA鑑定を探し出そうとしたのでしょうか」

その理由を追及した。最初は唐突と思われたが、朋子自身が納得したからこそ夫に自由にさせていたのではないか。朋子は一瞬躊躇いを見せた。

しかし、意を決したように説明した。

「あまり世間体のいい話ではありませんが」

そう前置きしてから、朋子は夫がＤＮＡ鑑定書を探そうとした理由を丹下に語った。

美津濃夫婦は長引く不況で店の売り上げが落ち、生活に困窮していた。資金繰りに悩んでいた。

「夫は奈々子さんが相続すべき遺産の一部は、自分にも相続権があるはずだとそう言い出したのです」

莫大な資産の名義は椎名健一になっていた。椎名健一と凛々子がほぼ同時に亡くなり、椎名家の遺産は奈々子と真美子の二人が相続することになる。しかし、両親が亡くなった直後に奈々子本人も亡くなっている。

「通常なら真美子さんがすべてを相続することになるのでしょうが、夫と奈々子さんとの関係が科学的に立証されれば、父として奈々子さんの遺産の相続を裁判で主張できるはずだ。そう考えてＤＮＡ鑑定書を見つけ出そうとしたのです」

その鑑定書は押入れの奥に保管されていた。

丹下には大きな疑問が浮かび上がってくる。

ＤＮＡ鑑定の協力を求めてきたのは妹の真美子だった。真美子自身も奈々子の本当の父親が美津濃澄夫だということを知っている。美津濃が相続権を主張すれば、奈々子の遺産の一部が美津濃に渡る可能性もある。

「この件で、ご主人は妹の真美子さんと会った可能性はあるのでしょうか」

「そのあたりは、私には何もわかりません」

美津濃澄夫と椎名真美子との間には少なくとも六、七年前に交流はあった。当然、奈々子とも会ったと考える方が自然だ。そして、その時期は奈々子が「アディック・ナーナ」に豹変した頃と重なる。奈々子が豹変した理由は、実の父親の存在を知ったことと関係しているのかもしれない。

「四月二十七日の夜ですが、ご主人はこのお店に出勤していたのでしょうか」

「出勤したのですが、ゴールデンウィーク前とあって、客は少なかったんです。月末ということで仕入れたお酒の代金を振り込まなければならなかった。その金策にも困っていたので、夫は早めに帰宅し、金を貸してくれる友人をあたってみるということになったんです」

その夜、美津濃澄夫は午後十一時前には新宿ゴールデン街から自宅に帰っていった。

丹下は横溝に写真を出すように目配せをした。横溝が一枚の写真をカウンターに置き、朋子の方に差し出した。

「見てくれますか」

横溝が言うとL版の写真を朋子が手に取った。

「学生二人が自撮りした写真ですが、その後ろの方に二人の男性が写っています」

横溝がここまで言うと、朋子は「あっ」と思わず驚きの声を発した。不鮮明だが写っている一人の男性は、美津濃澄夫に間違いないのだろう。

「ご主人に間違いありませんね」横溝が念を押すように聞いた。

朋子は無言で頷き、写真を横溝に戻した。

椎名家から出火した夜、奇しくも奈々子と真美子の実の父親が、その近くにいたことになる。そして二人とも金に困った生活をしていた。

椎名健一、凛々子夫妻を殺害した犯人は、松山徹の可能性が濃厚だが、栂田修平、美津濃澄夫の二人は事件とはまったく無関係なのだろうか。割り切れない思いが丹下の心の中で渦巻いていた。


椎名一家惨殺事件から早くも二週間が経過していた。聖純病院の松山幸治理事長は、徹が自殺するのではないかと、そればかりを気にしていた。現段階では椎名夫妻を殺害した犯人は松山徹という線が濃厚だ。松山理事長の頭には、松山徹の安否だけが気になるようで、二人の被害者への思いは希薄だった。

松山徹は成田空港第一ターミナルの駐車場にベンツを乗り捨て、成田市街までタクシーで向かったところまでは突き止めたが、そこから先の足取りは不明のままだった。おそらく松山徹は電車やタクシーを使わず、小刻みに路線バスを使って成田市内からさらに地方都市へ逃亡したものと思われる。

捜査員は成田市内から郊外に向かう市内バスの路線周辺の町々を、丹念に聞き込みに回るしかなかった。限られた捜査員ではローラー作戦で一気に聞き込みに回り、松山徹の逃亡ルートをあぶり出すというわけにはいかない。しかし、捜査員はついに松山徹の足取りをつかんだ。

松山徹はベンツの車内に常に着替えを二組用意していた。医師は患者の容体が急変し、病院に寝泊まりしなければならない事態がいつ訪れるかもしれない。いついかなる時でも宿泊できるように着替えを用意しておけというのが松山理事長の教えだった。しかし、松山徹は皮膚科の医師で、彼が病院に宿泊するような事態は考えられない。それでも松山理事長は着替えを常備しておけと指導していた。

その着替えが松山徹の逃亡をたやすくしたのだろう。返り血を浴びた衣服は着替え、逃亡先で処分したに違いない。松山徹の足取りが確認できたのは栃木県真岡市だった。近くに県庁所在地の宇都宮があるが、そこにはおそらく松山徹は立ち寄っていないだろう。路線バスでの移動にも限界を感じたのか、人の目に触れにくい真岡市で、レンタカーを借りていた。

スマイルレンタカーは全国展開をするNレンタカーやTレンタカーと違って、北関東を中心に九営業所だけの小規模なレンタカー会社だ。松山はスマイルレンタカーとホンダのフィットを一ヶ月間のレンタル契約を結んでいる。日付は五月二日の午後十一時だった。

ゴールデンウィークの前半が終わり、返却され整備が終わったばかりのレンタカーを借りていた。

真岡営業所は目的地を松山徹に尋ねている。

「営業で真岡市に一ヶ月ほど滞在し、市内とその周辺をセールスに回る」

松山はそう答えている。一ヶ月、二ヶ月単位で借りるほとんどの客は、そうした営業職かあるいはビルの建設現場に携わる関係者だった。スマイルレンタカーのスタッフもことさら疑問に感じることはなかったようだ。支払いはクレジットカードを避けて現金で済ませている。

松山徹が使っているレンタカーの車種とナンバーが割り出せた。高速道路を使えばNシステムで二日以降の動きが割り出せるはずだ。北関東道、東北道の車の流れがチェックされたが、該当するフィットは発見できなかった。

高速道路を使わずに松山徹は一般道を使って移動しているようだ。Nシステムに検知されるのを恐れて一般道を走行しているとすれば、松山徹は相当慎重な性格なのだろう。しかし、松山徹の名前はテレビでもラジオでも繰り返し放送され、テレビでは映像も流れている。このまま逃げ切るのは困難だと本人も十分に認識しているはずだ。

松山徹はどこへ向かって逃亡しているのだろうか。ひげを伸ばし、髪形を変えればテレビに映る松山徹とは別人のようになっている可能性もある。

それでも逃亡には限界がある。自暴自棄になって自殺でもされてしまえば、事件の真相は闇の中に消える。それだけは何としても回避しなければならない。

丹下の思考は深い霧に覆われた山中を手探りで歩くようなもので、なかなか前に進めない。殺人に限らず犯罪は理性が破綻した瞬間に起きるものだ。しかし、理性的な人間であればあるほど巧妙に犯罪を隠そうとするか、あるいは逃亡が不可能と判断し自首の道を選択するものだ。松山徹が犯人なら、おそらく衝動的に椎名健一を殺傷し、妻の凛々子を刺した上に扼殺している。

凛々子の爪からは抵抗した時に削いだと思われる犯人の皮膚片が採取されている。松山徹のマンションに残されていた電気カミソリのひげからＤＮＡ鑑定が行われ、皮膚片は松山徹のものだと判明している。さらにキッチンシンクのワークトップには殺傷する刃物を選んだのか、包丁が雑然と置かれ、すべてに松山徹の指紋が付着していた。

これだけの物的証拠があるのだ。犯人は松山徹以外には考えられない。丹下も松山は自殺するのではないかと不安をつのらせた。その一方で説明のつかない点があるのも事実だった。手首を切った奈々子はまだ生存していた。結婚を約束した恋人だ。いくら気持ちが動転していたとはいえ、松山徹は医師なのだ。皮膚科の医師であっても、奈々子を必死に助けようとするのではないか。それが二人を殺害した後、奈々子を残したまま一階に下りて、椎名健一の書斎の本を部屋の中央に集めて火を放つだろうか。

二人の殺害の動機もいまだに解明が進んでいないが、たとえ二人を殺したいと思うような動機が生じたとしても、愛している奈々子を放置したまま火を放つ行為に整合性がないというか、わだかまる思いがどうしても沈殿する。

捜査本部に残り、本庁から派遣されてきた捜査員とともに、宿舎代わりになっている体育館で、湿気を吸い込んだ布団にくるまってその晩も寝るしかないと思った。その時、携帯電話が鳴った。

妻の妙子は丹下の勤務中には絶対に電話をかけてこない。電話をかけてきたのは長女のみゆきだった。

「私だけど、今、少し話せるかしら」

「何だ」ぶっきらぼうに答えた。

みゆきにも勤務中には絶対に電話をかけてくるなと言ってある。

「着替えがもうないでしょう。私、これから持っていってもかまわないけど。それにパパの顔もみたいし」

みゆきは「必要ない」と父親が答えるのを予想し、そう答えにくいような言い回しをしてきた。

「明日でもかまわないけど」

「私は今の方が都合がいいのよ。M警察署の前に着いたらまた連絡するね」

こう言ってみゆきからの電話は切れた。

それから三十分もしないで再び携帯電話が鳴った。丹下は三階から駆け下りるようにして正面玄関前の駐車場に急いだ。みゆきが車から降りてきた。小さなボストンバッグを手にしていた。

丹下の顔をみるなりみゆきが言った。

「パパ、少し痩せた?」

何も答えずに丹下は荷物を受け取った。

「ありがとう」

「お仕事、頑張ってね」

みゆきは車に乗った。

「悪かったな、こんな真夜中に」

自宅はM警察署から車で三十分くらいのところにある。三十五年ローンで購入した

3LDKのマンションに一家四人で暮らしている。

「そんなことないよ。真夜中の方が渋滞に引っかからずにすむし、往復しても一時間かからならない」

「そうか」

みゆきは車に乗ったがエンジンをかけようとしない。もう少し丹下と話しがしていたいのだろう。

「パパ、こんな時間まで仕事しているの。警察というところは典型的なブラック企業なんだね」

「ブラック企業……」

「こんな時間まで働いても残業手当って出ないんでしょう」

そう言われてみればその通りなのだが、それが刑事という仕事なのだ。

「今どき体育館に泊まり込んで仕事なんかさせれば、民間企業なら社会問題化しているよ。ママが体に気をつけてって、言ってたよ」

「わかった。近いうちに一度家に戻る」

「そうだよ。今は不景気で、大きな会社だって経費を節減するために、大阪くらいまでの出張は日帰りが当たり前。兄貴が一生懸命就職先をいろいろ調べているけど、大きい会社になればなるほど厳しくて、札幌とか福岡あたりでも出張は始発便、戻りは最終便なんていう会社はざらにあるらしいよ。中には成田空港から出ているＬＣＣを使わなければならない会社もあるんだって」

「今、お前、なんて言った」

「だからさ、世の中不景気で、大阪どころか札幌、福岡だって日帰り圏内なのに、ここから三十分くらいのところに自宅があるんだから、たまには帰ってきて、少しは休めっていう話しだよ。パパ、聞いているの」

まゆみの話は途中から丹下の耳には届いていなかった。まゆみの小言に丹下は目の前に落雷が落ちたような衝撃を受けた。

「ありがとう。気をつけてかえりなさい。ママによろしく伝えておいてくれ」

丹下は走って三階本部に戻った。

11　事故死

新宿ゴールデン街で美津濃朋子を聴取した二日後だった。捜査本部に朋子本人から連絡が入った。

「夫は殺されたと思います」

美津濃澄夫の遺体が発見されたのだ。軽乗用車アルトの中で練炭自殺をはかっていた。発見されたのは神奈川県相模原市緑区の山中だった。東京と長野県塩尻市を結ぶ国道二十号線は八王子市を過ぎると高尾山の麓を通って大垂水峠にさしかかる。

中央道が並行して走っているために、現在では二十号線の交通量は以前よりもはるかに少なくなっている。大垂水峠の頂上あたりが東京都と神奈川県の境にあたり、大垂水峠から相模湖までの道のりは蛇行を繰り返しドライバー泣かせのコースなのだ。

高速道路料金は高くなるが、ほとんどのドライバーは中央道を利用する。しかし、経費節減を迫られる運送会社の車両は国道二十号線を利用する。そのため深夜は大型トラックが片側一車線の国道を猛スピードで走り抜けていく。特に深夜は後ろに大型トラックに付かれると、乗用車もスピードを上げざるをえなくなる。そうしたこともあって二十号線を走る乗用車は数が少ない。

速度を上げる車両を先に行かせるために待避所のようなスペースがところどころに設けられている。また山林を管理するための林道がいくつか二十号線から伸びている。そうした林道に入り込む車も少なく、雑草が生い茂っている。林道に入るのは山菜を摘みに来た相模湖周辺に暮らす人たちくらいのものだ。

美津濃澄夫は雑草をなぎ倒し、林道の奥まったところにアルトを止め、車内で死んでいた。発見したのは山菜を摘みに来た地元の老夫婦だった。すぐに警察に通報され、美津濃の死亡が確認されたのだ。

所持していた免許証から美津濃澄夫と判明し、中野警察署に捜索願が妻から提出されていたこともわかった。遺体には目立った損傷もなく死因は一酸化炭素中毒と思われた。

体内に入った一酸化炭素はヘモグロビンと結合し、酸素と結合したヘモグロビンよりも赤味が強くなる。血液全体が鮮紅色になり、一酸化炭素中毒による死体は、死斑が鮮紅色になると言われている。車内には遺書らしきものは何もなかった。遺体はその日のうちに司法解剖に回された。

M警察署の捜査本部にも、神奈川県警相模湖警察署からの報告が入った。朋子が言いう通り他殺の可能性があると丹下も判断した。スナック美津濃の支払いが遅れていたといっても、その金額は十数万円程度で、とても自殺しなければならない金額ではない。

美津濃朋子は遺体を引き取るために相模湖警察署に向かっているようだ。丹下と横溝の二人も相模湖警察署に急いだ。

相模湖警察署に着くと、司法解剖の結果が上がってきたところだった。美津濃朋子は相模湖警察署で事情聴取を受けていた。司法解剖の結果、死亡時期は四日から五日前と断定された。死因はやはり一酸化炭素中毒だが、血液から睡眠薬の成分が検出された。その成分から発売されたばかりのZ睡眠薬だと判明した。

「奈々子の血液から検出された睡眠薬もやはりZ睡眠薬でしたよね」

横溝がひとり言のように呟く。

美津濃朋子が事情聴取を終えて部屋から出てきた。丹下たちが来ていることがわかると、二人に軽く会釈した。

「夫が例の話をした時に、私が止めておけばこんなことにはならなかったのに……」

朋子は青ざめた顔で後悔の言葉を口にした。

「でもいったい誰が主人を殺したのでしょうか」

相模湖警察署は殺人事件と断定したわけではない。しかし、朋子は夫は殺されたと思い込んでいた。

相模湖警察署の案内で遺体発見現場に行ってみることにした。朋子も同行することになった。相模湖側から大垂水峠に向かって走った。国道の両側は絵の具のチューブから絞り出したような緑の葉々に覆われていた。その新緑の間を木漏れ日が地上に降り注いでいる。

大垂水峠を頂上近くまで登ったところで先行するパトカーが右折し、林道の中に入っていった。丹下たちもその後に続いた。百メートルほど入ると林道は行き止まりになった。そこにはまだアルトが止められていた。周囲に規制線が張られ、警察官二人が警備にあたっていた。

相模湖警察署の署員がパトカーから降りた。

「現場検証をもちろん念入りにしてみたのですが、この林道に入ったのはアルト一台だけで、他の車両が入った形跡は見られませんでした。あとは小型のバイクが入った痕跡がありましたが、地元の人が山菜取りに入った時のものと思われます」

林道は雑草に覆われているが、アルトが走ったタイヤの跡は地面にくっきりと残されていた。他の車両が入り込めば、雑草の上からでも轍《わだち》が残される。相模湖警察署としては殺人事件などではなく、単なる自殺として見ているのだろう。練炭自殺をはかる者は多くが睡眠薬を服用する。他殺事件と断定するには無理がありすぎるのも事実だ。

しかし、自殺の意思のない美津濃がこんな場所にやってくるとは思えない。練炭自殺に見せかけた偽装殺人なら、練炭と七輪をアルトに運び入れなければならない。アルトを尾行してきた車両があるのなら、その車両の轍も林道に残されるはずだ。

アルトにどうやって練炭と七輪を運び入れたのか。深夜なら人の目にはつかないだろうが、第三者が運び入れた形跡はない。

ただ現場に着くまで二十号線には上下線ともに待避所のようなスペースがいくつか見られた。そのスペースに止めた車から林道まで練炭と七輪を運ぶのはそれほど困難ではない。また前もって現場に練炭と七輪を隠し置くことも可能だろう。

「林道には人間の歩いた跡は残されていなかったのでしょうか」

横溝が聞いた。

「ご覧のように林道は雑草に覆われています。車両なら轍が残りますが、人間の足跡は残っていませんでした」

相模湖警察署の署員が答えた。結局、美津濃澄夫は自殺とも他殺とも結論が出せないままの状態になってしまった。

朋子は遺体発見現場に来ると、青ざめた表情に変わり、寒くもないのに体を震わせていた。

「こんなところで……」

こう言ったきり朋子は口を固く閉ざした。

もし美津濃澄夫が奈々子の遺産を目当てに動き出したことが原因で殺されたとしたら、殺害の動機をいだく人間は一人しかいない。椎名家の遺産はすべて真美子の手中にある。奈々子が相続した遺産を、真美子と美津濃澄夫とで分けたとしても、美津濃の相続分も莫大な資産だ。

現場を見た後、朋子は夫の遺体が安置されている県立相模原病院に向かった。遺体は腐敗が進み、都内まで移動できるような状態ではなかった。相模原市の葬儀場に遺体を運び、そのまま荼毘にふすように手配がすんでいた。

美津濃澄夫は四月二十七日夜、椎名家近辺に姿を見せ、その半月後には遺体となって発見された。妻の朋子によれば、美津濃澄夫が奈々子の遺産相続に動き出すのは、二十八日午後のワイドショーを見てからのことだ。

では何故事件が起きた二十七日夜に椎名宅周辺をうろついていたのだろうか。それも謎だ。

椎名健一、凛々子の惨殺、そして奈々子の死。奈々子の婚約者、松山徹の失踪。事件の背景にはこの四人の愛憎が渦巻いていると思われたが、それだけではなさそうだ。出火した当時、家の周囲には奈々子の父親、美津濃澄夫、そして真美子の父親、栩田修平が現れている。これらの人間が複雑に絡み、まるでもつれた糸のようだ。その背後に見え隠れするのが、真美子の存在だった。

真美子は事件発生当時、北海道を旅行中だった。最初から事件との関与はないものと想定して捜査を進めてきた。しかし、ここにきてその方針を見直さなければならないような状況が生まれている。

姉奈々子が何故ラブアディクションの症状とも思えるような無謀なセックスをするようになったのか、その背景を知るのは真美子しかいない。椎名一家惨殺事件の兆候は、その頃からすでに見られたのではないか、丹下にはそう思えてならない。丹下は真美子から詳細に聞き出す必要があると考えた。

五月十四日、真美子は夜ならホテルに戻ってきているという。午後八時にヒルトンホテルへ出向くと伝えた。

丹下は外出から戻ったばかりの真美子とロビーで遭遇した。ホテル内でもスイートルームに長期滞在している真美子はＶＩＰ待遇を受けているのだろう。すべてのホテル従業員が彼女を見ると、小さく会釈している。

真美子の方も彼らに静かに微笑んで応えている。

「さらに金をかけているようですね」

横溝が小声で丹下に耳打ちする。

真美子はその日もヴァレンチノでコーディネートし、指にはダイヤモンドをあしらった指輪がさりげなくはめられていた。耳にもピアスが飾られていたが、そのピアスにもダイヤモンドが輝いていた。

すぐに真美子も丹下らに気づき、足早に近づいてくる。

「お待ちになりましたか」

「いや、今着いたばかりです」横溝が答えた。

エレベーターに向かって歩いて行くと、ホテルのスタッフが走ってきて、エレベーターのボタンをした。

エレベーターに乗ると真美子が言った。

「いつまでもホテル暮らしというわけにはいかないので、マンションを探しています」

真美子は母親が税務を任せていた税理士事務所を通じて不動産業者を紹介してもらっていた。不動産業者に案内させ六本木、麻布周辺の売りに出ている高層マンションを見てきたようだ。真美子の生活は事件の夜を境にして一変してしまった。

部屋に入ると真美子はルームサービスに電話をしてコーヒーを注文した。

「気に入った物件はありましたか」それとなく丹下が聞いた。

「父の遺産が転がり込んでくるのはいいのですが、税理士の説明では相続税を支払うためにビルの一つぐらいは売却しないとどうにもならないようです」

どのくらいの相続税がかかるのか、丹下には想像もつかない。

「そんな話より犯人逮捕のめどは立ったのでしょうか」

「松山徹容疑者は、小さなレンタカー会社から車を借りて逃亡を続けています」

「まだそんな段階なんですか」

真美子は眉間に縦皺を寄せた。不満とも苛立ちとも思える表情を浮かべた。そんな表情を丹下に見せたのはその時が初めてだった。

「今日おうかがいしたのは、奈々子さんの性格が豹変したというか、男性関係にだらしない生活を送るようになったというか、その点について妹のあなたから率直な話を聞かせてもらいたくてやってきました」

「お話しするのはかまいませんが、その話と両親の殺人と関係があるのでしょうか」

「捜査本部ではあると判断したから、こうしてお話を聞きにやって来たのです」

丹下は肩に付いたゴミを振り払うかのような調子で言ってのけた。

「何が姉に起きたのかは私にもわかりません。三年生の秋頃から、姉の部屋から母や父と、姉が怒鳴り合っている声が聞こえてくるようになりました」

隣の部屋から響いてくる怒声は、両親が奈々子を激しくなじるものだった。奈々子はその頃から派手な化粧して大学に行くようになった。

「私はそのやり合いを聞くのがいやで布団をかぶって耳をふさいでいました。でも聞こえてきたのは、信じられないような内容でした」

奈々子が男子学生を誘って、大学近くのホテルに宿泊し、毎回男を替えてセックスを楽しんでいるというものだった。そのうち奈々子は自分の父親と同年齢くらいの男性とも金を取ってセックスをするようになった。

「それを両親は止めさせようと必死でした」

「奈々子さんが変貌するきっかけについて、あなたはどう考えているのでしょうか」

「奈々子は両親にとってずっといい子でやってきていたから、いい子でいるのに疲れてしまったんでしょう」

真美子は突き放すような口調で答えた。奈々子について聞かれるというよりも、豹変の理由を問い質されるのがいやなのだろう。

「あなたは前回お話を聞いた時、実父の椚田修平とはずっと会っていないとお答えになっていますが、本当は会っていたのと違いますか」

インターホンが鳴りルームサービスがコーヒーを運んできた。三人にコーヒーを注ぐと退出した。

「質問を続けますね。椚田修平とはいつ頃から会っていたのでしょうか」

真美子はコーヒーを飲み、沈黙した。

丹下もコーヒーを飲み、真美子の返事を待った。しかし、真美子は口を開こうとはしなかった。

「そうですか。答えたくないのですか。では質問を変えましょう」

不思議なのはどうして奈々子と真美子が異父姉妹だと気づいたかだ。

「何故なのかわかりませんが、あなたは椚田修平とつながりができた。だからこそ椚田の血液型を知り、病院勤務をしているあなたは奈々子の父親は椚田ではないと見抜いた。違いますか」

真美子はコーヒーを飲むとカップをセンターテーブルの上にそっと戻した。動揺している気配はまったくうかがえない。落ち着き払っている。

異父姉妹と知った二人は母親を厳しく問いつめた。母親はたまりかねて奈々子の父親は美津濃澄夫だと名前を明かした。

「その直後、あなたは美津濃澄夫とも会っていますね」

丹下は否定も反論も許さないといった強い口調で迫った。

「ええ、会いましたよ。奈々子から会って確かめてくれと頼まれたからです」

真美子が少し上ずった声で答えた。

「美津濃さんは母親と当時交際していたことは認めました。母のお腹にいた赤ちゃんはおそらく自分の子供だろうと思っていたようです。結婚するつもりでいたが、母はすでに心変わりをしていて、当時青年実業家としてマスコミから脚光を浴びていた椚田修平を結婚の相手に選び、自分は捨てられたんだとおっしゃっていました」

高級クラブの雇われ店長よりも、青年実業家の方に凛々子は心惹かれたのだろう。

「そこまでわかっているのに、どうして美津濃澄夫と奈々子さんにDNA鑑定をさせたのでしょうか」

「ちょっと待ってください。鑑定をして確かめたいと言ったのは奈々子の方です。私も病院勤務をしていたので、そうした検査をしてくれる会社を病院から紹介してもらい、後は姉と美津濃さん本人がデータを提供したからこそ、DNA鑑定ができたのと違いますか」

DNA鑑定を奈々子が言い出したのか、あるいは真美子が持ち出したのかはわからないが、その鑑定で二人の親子関係は明確に立証されたようだ。

「親子の関係が立証され、その時の奈々子さんの心境はどのようなものだったのでしょうか。彼女の豹変はそのあたりから始まっているように思えるのですが」

「私にはわかりません。だって育ての親とは血がつながっていないのは子供の頃からわかっていたことです。それに実の父親の椚田さんとだって、交流はなかった。だから実の父親が美津濃さんだとわかったところで、それによって大きな精神的なダメージを姉が負ったとは私には思えません」

育ての父親、椎名健一との関係はどうだったのだろうか。

「勉強のできた姉は父から溺愛されていました」

真美子によると、椎名健一は奈々子が高校に進んだ頃から、試験シーズンが近づくと姉の部屋に入り、明け方まで勉強を付き合っていたようだ。一方、真美子の方は父親に勉強を教えてもらったという記憶がまったくなかった。

「私は完全にほったらかしにされていました。姉は両親の過剰な干渉と期待に押しつぶされて、それでだらしない生活を送るようになったのではないでしょうか。私はそう思っています」

「鑑定後、奈々子さんと美津濃澄夫との交流はあったのでしょうか」

「それはわかりません。あの頃から私と姉との関係も、それまでのものとは違ってぎくしゃくしたというより、ほとんど会話もしなくなってしまった。だから美津濃さんとの交流があったのかどうか、それは美津濃さんご本人から聞いてもらうのがいちばん正確だと思います」

「その美津濃さんですが、遺体で発見されました」

「えっ、それ本当ですか」

美津濃澄夫の死亡についてまだ何も報道されていなかった。丹下は美津濃が亡くなっていた時の状況を説明した。

不満や苛立ちを表情に見せたことはあっても、動揺をしている様子を決して表すことのなかった真美子が明らかに焦っているのがわかる。きれいに整えられている髪を何度もかき上げてみたり、冷たくなってしまったコーヒーを飲み喉を潤したりしている。

「真美子さんご自身と美津濃澄夫との付き合いはあったのでしょうか」

「ありませんよ。何故私が奈々子の父親と付き合わなければならないのですか」

「しかし、あなたにはなくても、先方にあったようです」

真美子はますます狼狽した。髪をかき上げるどころかかきむしり始めたのだ。美津濃澄夫に言及する聴取を明らかに嫌っている。それでも丹下は冷徹に聴取を進めた。

「美津濃はあなたに接触を求めてきましたね」

「知りません」

真美子は証言を拒否した。美津濃と接触していたのを認めたのも同然だ。

「そうですね。あなたの立場にすれば会いたくないのは当然でしょう」

「何をおっしゃりたいのですか。私には刑事さんの言っている意味が理解できません」

丹下は美津濃が会いたがっている理由を説明した。それを聞き、真美子は廊下にも漏れるのではないかと思えるほどの声で急に笑い出した。

「格差社会ってマスコミがよく報道しているけど、こういうことなのね。今私にもはっきりとわかりました」

「はぁ?」丹下は思わず拍子抜けした声を上げてしまった。

真美子の笑いはしばらく止まらなかった。

「貧しい方って気の毒ね」

真美子の口調は丹下に同情しているというよりも、軽蔑しきっていた。

「いいですか。美津濃さんが奈々子の本当の父親で、遺産の相続権があるのなら、私は法律に従って財産分与を認めますよ。何故かって。だって父の遺産は莫大なもので、私一人で相続すればその相続税もやはりかなりの額になります。どうせ税金を取られるのなら、それこそ美津濃さんにビルの一つでも相続してもらえれば、私の相続税も軽減できるというものです。私が財産を独り占めにしようとしているなんて思わないでください」

真美子が相続する遺産は、一部を美津濃澄夫に与えたところで真美子の実質的な取り分はさほど変わりはないようだ。それが事実なら美津濃は鑑定結果を証拠にして裁判を起こせば、その判決次第では相続が認められるかもしれない。真美子に接触する必要はまったくなくなる。

しかし、美津濃には自殺する動機など見あたらない。

遺産相続とは別に、美津濃を死に追い込まなければならない理由を持った人間がいるのかもしれない。真美子が嘘を言っているのか、あるいはまだ隠している事実があるのだろうか。

真美子の聴取を終え、捜査本部に戻る丹下の足取りは重かった。真美子には母親が信頼していた税理士事務所が付いている。もし美津濃が財産分与を要求していたなら、税理士が真美子の相続分がどれだけ減って、相続税がいくら軽減されるのか即座に計算してくれたはずだ。それがわかるから「貧しい方って気の毒」と丹下を侮蔑してみせたのだろう。

スイートルームでの聴取を黙って聞いていた横溝がため息まじりに言った。

「真美子は、相続する権利があるのなら美津濃にビルの一つぐらいくれてやるようなことを言ってましたが、格差社会の現実をまざまざと見る思いがしましたよ」

丹下には住宅ローンがまだ半分以上残っている。二人の子供の教育費にも家計は圧迫されている。他の多くの警察官も丹下と同じような暮らし向きだ。独身の横溝の口ぶりには真美子への羨望が感じられる。

「お前、ああいう女性と結婚したいと思うか」

「いや、結構です」横溝は即答した。

「左団扇《うちわ》でいい暮らしができるぞ、どうしてダメなんだ」

「真美子を見ていて羨ましいとは思いません。はっきりこうだと理由は言えませんが、真美子は莫大な遺産を相続した瞬間、最も大切な何かを失ってしまった、そんなふうに私には見えます」

真美子にとって「大切な何か」とは、どのようなものなのだろうか。横溝の話を聞き、丹下は複雑な思いにとらわれた。

　果たして椎名家に金よりも大切な何かが存在したことがあったのだろうか。金と名誉、それだけが椎名家の核となって存在し、椎名健一も凛々子も二人の娘にそれ以外の大切なものを教えてこなかったのではないか。そんな気がした。

12　逃亡者

栃木県真岡市でレンタカーを借りた松山徹は、高速道路を使わずに一般道を使って移動をしているようだ。松山は東京で生まれ、東京で育っている。北関東、信越、東北地方の土地勘はない。松山の行方が捜査線上に浮かび上がってこないのは、ここといった目的地もあてもなく、彷徨《さまよ》いながら逃亡しているからではないのか、という意見まで捜査本部の会議で出てきた。

逃亡資金は百万円持っている。レンタカーを借りたのは五月二日の夜だ。すでに二週間が経過し一般道を走ったとしても本州を出て北海道、九州、四国にまで到達できる日数が過ぎている。実際のところ松山徹がどこにいるのか、捜査本部はお手上げ状態になっていた。

両親のところに連絡があれば、すぐに近くの警察に自首するように勧めてほしいと頼んである。しかし、両親のところにもまったく連絡が入っていない。

松山理事長はすでに松山徹は死亡していると思っていた。捜査本部に夫婦二人でやってきて、

「真岡市を中心に半径二、三百キロメートル以内の山中を探してもらえれば、息子の

遺体は発見できると思う」

と訴えていた。

山狩りをして捜索したわけではない。しかし、地元警察の協力を得て可能な限り、人が入り込みそうな林道や山中に分け入ってもらい、捜索はすでにやっていた。捜査員は松山徹の写真を持って捜査範囲を広げながら、松山の行方を懸命に追った。

テレビも事件から四、五日経つと視聴者の関心も薄れるのか、松山徹の写真が映像として流れることもなかった。次から次に凶悪な事件が起きて、椎名一家惨殺事件など遠い過去の出来事のように、世間は思い始めている。捜査員が聞き込みに回っても、「そう言えば、そんな事件がありましたね」というくらいに記憶は希薄なものになっていた。

しかも地方にはラブホテルが散在している。ホテルのフロント係とも顔を合わせずにチェックインし、チェックアウトすることも可能だ。松山徹は椎名夫婦殺害の容疑で指名手配されているが、本人は自由に逃亡生活を送っているのではないか。

横溝がふてくされたように言い放つ。

「罪の重さを認識できないのだろうか」

捜査員は誰もがそんな思いを抱いているだろう。殺害方法は極めて残忍で、医師が殺害したとなると、社会へ与えた影響などを考慮すると、裁判員裁判で死刑判決を受けることだって考えられる。

　死刑を回避するには自首し、事件の真相解明に協力することが不可欠になる。そうしたニュース解説も流れた。松山理事長は徹の自殺をしきりに心配していたが、逮捕されると再びマスコミ報道が過熱し、聖純病院に取材陣が殺到する。そんな事態になるのなら、生き恥をさらして逮捕されるよりは、自殺でもしてほしいと心の底では思い始めているのかもしれない。

　逮捕され裁判にかけられて有罪判決を受けるまでは、いかなる容疑者も推定無罪の原則が貫かれるべきだが、日本はなかなかそういうわけにはいかない。一度殺人容疑をかけられた被疑者が実は無罪だったなどということは、日本では数少ない。

　その夜十一時過ぎに丹下は久しぶりに自宅に戻った。風呂に三十分ほどゆっくりつかった。すでに家族は食事を済ませていたが、妻は刺し身の盛り合わせとよく冷えたビールを用意して待っていてくれた。

　自分の部屋にいたみゆきもリビングに出てきた。しかし、母親から捜査関係の話題を持ち出すなと注意を受けているのだろう。テレビをつけてテレビ番組を見ている。食事を終えるとテーブルの上を妻が片付け始め、キッチンで洗い物を始めた。

　丹下もみゆきの隣に座りテレビを見た。刑事ドラマが放送されていた。

「面白いか」丹下が聞いた。

「最近のドラマはリアリティがないのよ」

みゆきが言った。

「テレビの刑事ドラマのように一時間でどんな難事件でも片付くと、俺たちの仕事ももう少し楽になるんだが」

みゆきはキッチンに目をやった。妻はまだ洗い物をしている。

「難航しているんだ」みゆきが丹下の方を見ていった。

「まあな」

「あの松山とかいう容疑者だけど、ホントに犯人なの」

丹下は何も答えない。それでもみゆきは一人で話し続けた。

「医師は患者の病気を治したり、命を救ったりするのが仕事でしょう。それが二人の命を奪ってしまえば、それまでそのお医者さんを信じて治療を受けてきた患者に、治療法も処方箋もすべて誤りだったというのに等しいでしょう。普通なら自首するよね。現場にいたのは事実のようだから、疑われても仕方ないけど、『逃亡者』っていう映画のようにさ、実は真犯人がいて、自分の容疑を晴らすために、必死に真犯人を探しているなんていうことがあるかもしれないよ。そうでもなければ今ごろは逮捕されているか、それこそ自殺しているかだよ。逃亡しているのは、逮捕されるのを恐れているからではなくて、何か他の理由があるかもしれない」

妻がキッチンから戻ってきた。

「パパは疲れているんだからゆっくり休ませてあげなさい」

みゆきはソファから立ち上がり、「お仕事頑張ってね」と言って自分の部屋に戻った。

丹下は久しぶりにベッドで熟睡することができた。

朝六時に目を覚まし、コーヒーとトーストで朝食をとり、五日分の着替えを持って家を出た。M警察署には午前七時には着いていた。


捜査本部は松山徹を椎名一家惨殺事件の犯人として行方を追っている。一刻も早く身柄を拘束しなければ、自殺の恐れがある。そうなれば真実は闇の中に沈む。捜査本部の方針に異議を唱えるわけにはいかないが、丹下は二十七日夜、椎名夫婦の殺害をもう一度冷静に見直す必要があると考えていた。

鑑識結果、周辺住民への聞き込み、そして防犯カメラ映像、室内に残された指紋、これらを分析すると、松山徹の犯行である可能性が極めて高い。椎名家に出入りしたのは松山徹、椚田修平の二人しかいないのだ。

松山徹が椎名家を訪れたのは事実だ。しかし、二人の殺人にまったく関与していないとしたら、松山徹はどうしただろうか。

慌てて椎名家を飛び出した直後に火の手が上がった。事件の一報はまだ朝が明けていない午前四時には流れている。その時に椎名夫婦が殺害され、奈々子が手首を切ったことを知ったとしたら、警察にのこのこ出向いて事実を説明するだろうか。真っ先に疑われるのは自分だ。そして自分の証言の正しさを証明してくれる人間は、午前六時四十三分に奈々子の死亡が確認された段階で誰もいなくなったのだ。

松山徹をあの晩、椎名家に呼び寄せたか、あるいは訪れるように仕向けた人間が必ずいる。松山徹が夕方から椎名家周辺をうろついていたのはそのためだろう。松山徹はその人間こそが真犯人だと思っている。その真犯人を警察に突き出さなければ、自分が椎名夫婦殺害の犯人に仕立てられてしまう。そう思って松山徹は成田空港第一ターミナルの駐車場に車を止めたのではないか。その時間はテレビに第一報が流れた直後のことだった。

真犯人は松山徹が自殺するか、あるいは逮捕され二人の殺人容疑で裁かれるのを密かに期待しているだろう。

捜査員一同が捜査本部に集まり朝礼が行われた。ほとんどの捜査員が松山徹の逃亡先の割り出しに振り分けられた。朝礼を解散した直後、一斉に自分の担当する捜査に向かおうとした時だった。捜査本部に松山徹を名乗る男から丹下宛てに電話が入った。

その電話と同時に松山理事長からも捜査本部に緊急連絡が入った。松山理事長の対応には横溝があたった。

「父からあなたの名前を聞いて電話しています」

「松山徹なのか」

「私はあの二人を殺してはいません」

「話はゆっくり聞くから、近くの警察に出頭しなさい」

「殺したのは私ではありません」

松山徹は興奮しているのか、丹下の話を聞こうとはしない。松山徹は自分の携帯電話を使って捜査本部に連絡してきた。丹下は受話口を手で押さえ、「発信基地をあたってくれ」と近くの捜査員に指示した。

「わかった。あの晩何が起きたのか、落ち着いて説明してくれ」

丹下は通話を長引かせ、松山徹の携帯電話から発信されている電波の受信局を特定させようとした。

「奈々子はPTSD（心的外傷後ストレス障害）でずっと苦しんでいました。私は何とかして彼女を救い出してやろうと思ったのですが……」

松山の話は一方的で、すぐには理解できない。しかも呂律《ろれつ》が回っていない。しかし、丹下は粘り強く、少しでも長く松山に話を続けさせようとした。

「椎名教授も、母親も、あの家族は全員鬼畜だ」

「鬼畜？」

「最初は信じられなかった、そんなことが起こるはずがないと、誰だって信じられないはずだ」

いったい何が信じられないというのか。理路整然とした説明を求めたいが、余計なことを言えば電話を切られるかもしれない。松山は明らかに興奮状態で、事件の経緯を合理的に説明することは不可能なようだ。

「あの女から頼まれたんだ、奈々子を救ってやってくれ、救えるのは松山先生しかいないって」

あの女とは誰なのか。何から救ってやるのか。奈々子が窮地に追い込まれていたのは想像がつくが、松山の口からは具体的な話が語られない。丹下も次第に焦り、そして苛立ちが増幅していく。

あの晩、奈々子を救い出そうとして惨劇が起きたのだろうか。

「見せられたんだ」

何を見せられたのだろうか。松山は何を見てしまったのか。事件当夜、奈々子のパソコンと松山徹のパソコンはつながり、映像と音声でチャット会話ができるような状態に保たれていた。松山はチャットの画像で、奈々子の室内の様子を見ていた可能性がある。

しかし、見せられたというのはどういうことなのか。

捜査員が丹下に近寄ってくる。手帳を広げ走り書きを見せる。

「いわき市」

松山徹はいわき市に潜んでいるようだ。福島県警に捜査本部から松山徹の身柄確保の緊急要請が行われた。駒川本部長が目で合図を送ってくる。

〈身柄を確保するまで電話を続けてくれ〉

「止めなければ、助けてやらなければと思って、私は強引にあの家に乗り込んだんだ」

やはり松山徹は奈々子の部屋に侵入していた。

「私は助けに行っただけで、何もしていないんだ」

「わかった。君がやっていないというのはわかった。ご両親も心配している。君が殺していないというのなら、我々も真犯人を捕まえなければならない。出頭して、君が目撃した事実を話してくれないか」

「私はあの女にまんまとはめられたんだ」

松山徹は泣き叫ぶような声で喚いた。

「信じてくれ、私は何もしていない。すべてあの女が仕組んだんだ」

「誰なんだ、あの女というのは」

丹下もたまりかねて大声で聞き返した。

「何もかももう終わりだ。身の破滅だ」

松山は電話を一方的に切ってしまった。自殺する可能性が高い。その前に福島県警が松山徹の身柄を確保できるかどうかだ。

横溝が松山理事長からの電話に対応していた。松山徹は父親のところにも電話を入れ、自分の無実を訴えていた。

「自殺するというので、理事長は丹下刑事に無実を訴えるようにと諭したようです」

それで捜査本部の丹下宛に連絡が入ったのだろう。

福島県警は松山徹の発信元を突きとめた。いわき市郊外にぽつんと一軒だけ山裾に建てられたラブホテルだった。駐車場にはスマイルレンタカーから借りたホンダフィットが止められていた。

福島県警がラブホテルに踏み込んだ時、松山徹はすでに自殺を試みていた。部屋には睡眠薬の空箱と、空になったウィスキーの瓶がベッドの横に転がっていた。

松山徹は睡眠薬を大量に服用し、ウィスキーを飲み干して湯船につかり、手首を切っていた。湯船は鮮血で真っ赤に染まっていた。

発見された時、松山にはまだ意識があったようで、警察官、救急隊に「このまま死なせてくれ」と訴えていたようだ。しかし、出血多量のため救急車に運び込まれるのと同時に意識を失った。

いわき市内の救急病院に搬送され、すぐに治療が開始された。胃洗浄、手首の縫合手術、輸血の緊急処置が行われたが、命を取り留めるかどうかは五分五分のようだ。

駒川本部長は福島県警に、松山徹が遺書を所持していたかどうかを確かめた。ラブホテルの部屋にも、レンタカーの車内にも遺書は残されていなかった。手掛かりになるのは結局丹下との電話のやり取りだけだ。

駒川本部長は捜査会議を再招集した。捜査に向かう前で全員が三階の捜査本部に終結した。駒川本部長は丹下刑事のところに松山徹から連絡があったことを全捜査員に告げた。

丹下が松山徹との会話の内容を報告する。多くの捜査員は松山徹の主張を、自己弁護と思っている様子だ。

駒川本部長の片腕とみられる高寺刑事は、

「我々の捜査から逃げられないと判断して、自殺を試みたのだろう。無罪を主張しているようだが、丹下刑事とのやり取りを聞いてみても、松山徹を罠にはめたという女性の具体的な名前も出てきていない。最後の土壇場まで嘘をつき往生際の悪い犯人としか思えない。何としても松山徹を生かしておいてもらい、我々の手で松山徹を逮捕すべきだと思います」

と自分の意見を述べた。

多くの捜査員が事件発生以来、松山に翻弄されてきた。ほとんどの捜査員が高寺の意見に共感している。

　しかし、丹下は高寺の意見に違和感を覚えた。

「高寺刑事のおっしゃる通り、松山は自分を罠にはめた女性の名前を言いませんでした。興奮していて、しかも睡眠薬を飲んでいた。意識が朦朧《もうろう》としていたから名前を言わなかったのかも知れませんが、言っても到底信じてはもらえないから言わなかったのではないでしょうか」

　多くの捜査員から失笑が漏れてくる。それでも丹下は続けた、

「もし松山徹が主張する通り犯人でないとするなら、事件以降必死になって真犯人を割り出そうとしたはずです。実際、逃亡しながら思い当たる犯人を追求した。しかし残念ながら犯人を見つけ出すことができなかった。いや、犯人の目ぼしは付いていたが、決定的な証拠を見つけることができずに、自暴自棄になって自殺した」

　高寺が丹下を遮るようにして言った
「捜査はサイエンスで、被疑者の主張を真に受けていたら、サイエンスでもなんでもなくなってしまう。キッチンにあった包丁には松山の指紋が付着していたし、あいつが乗っていたベンツからは椎名教授、凜々子の血液が検出されている。凜々子の爪には抵抗を示す松山の皮膚片まで残されている。松山が二人の殺害に関与しているのは

明らかな事実だ。そんなわけのわからない女を出してきているのは、罪を逃れようとしているからだろう」

「私は松山徹が無罪だと思っているわけではありません。もう一人、二人の殺人に関与している人間がいるのではと考えているだけです」

椎名健一の背中には出刃包丁で刺したと思われる傷がいくつも残されていた。心臓、肺、肝臓に達する深い傷が致命傷になっている。凛々子の方は胸部、腹部に刺し傷はあるが致命傷にはなっていない。凛々子は扼殺されていた。

松山徹が二人の殺害を試みたのは事実かもしれないが、もう一人、二人の死を決定的にした者がいるのではないか、丹下にはそう思えてならないのだ。松山は医師だ。どの位置で、どこまで深く包丁を差し込めば死に至るかは十分に想像がつく。

「松山が刺したとしても、殺していないと主張するのは、死に至るほど傷つけていないという思いがあるからではないでしょうか」

高寺が何か言おうとしたのを制して、駒川本部長が丹下に意見を求めた。

「先ほど松山は奈々子を救い出すために、椎名家に上がり込んだように言ってたが、松山は誰から、どのような窮地から奈々子を救い出そうとしていたのか。それがあいまいなままだと丹下刑事の主張はなかなか受け容れがたいと思う」

その通りだ。しかし、松山徹はたまっていた雑務を片付けた後、奈々子が何らかの窮地に立つことを知って、家の周辺をうろついていたのではないか。

「松山は奈々子の部屋の様子をチャット画面で見ていた可能性があります」

「その映像で奈々子の窮地を知り、救出に向かった。そこで惨劇が起きたとでも。前もってわかっていたなら電話をすればそれで話がすんでしまうのでは」

駒川本部長は書類を二つに引き千切るような調子で言った。

「奈々子は出会い系サイトでは、自分の顔を映さずに、胸や下半身を相手の男性に見せています。その時はパソコンに内蔵されているカメラではなく、小型のｗｅｂカメラを使用しています。それならば手に持って、自由に角度を変えて映せるからです。しかし、松山とのチャットではパソコンの内蔵カメラを使い、部屋全体が松山のパソコンには映し出されていたと思われます」

「松山はチャット画面で何を見たというのですか」

駒川の口調にも苛立ちが滲んでいる。

「それは松山が椎名健一、凛々子に殺意を覚えるような光景であり、奈々子を救出しなければと考えるような状況だったのでしょう。奈々子本人にとっては自殺したくなるような出来事だったのでしょう」

たまりかねたように高寺が言葉を挟んでくる。「待ってくださいよ。自殺したくなるような光景を何故婚約者に見せる必要があるんですか」

「奈々子本人は松山が近所にいることも、そしてチャット画面でつながっていることも知らなかった可能性があります」

パソコンを奈々子が起動せずにいったい誰が操作するのか。高寺の怒りをぶつけるような質問が飛んできそうだ。

「奈々子のログインパスワードを知っていれば、遠隔操作で奈々子のパソコンを起動させるのは可能です」

ペットを飼育する家庭で、出先からペットの様子を観察するためにパソコンを起動させ、ｗｅｂカメラで見るのと同じ仕組みだ。

「では、奈々子が知らないところでパソコンが遠隔操作で起動され、そのパソコンとチャットでつながった松山は、奈々子の部屋で起きている何を目撃したというのでしょうか」

駒川の疑問に丹下は答えるのを躊躇った。丹下の想像でしかない。しかし、想像を裏付ける状況と証言はあるのだ。

「奈々子の部屋で殺されていた椎名健一の異様な姿です」

それ以上の説明をするのは、丹下には強い抵抗があった。上半身が裸で、ズボンがずり落ちて下着一枚だけ。何をしようとしていたのかここまで説明すればほとんどの捜査員が理解するだろうと丹下は思った。

多くの捜査員が黙りこくった。ありえないことではない。しかし、決定的な証拠がない限り、あるいは証言がないことには、想像以外の何物でもない。だれもがそう思っているだろう。重い沈黙が捜査本部に立ちこめた。その沈黙を破ったのは、W大学の関係者を聴取していた本庁から派遣されていた神田刑事だった。

神田は反椎名派の大河原教授から事情聴取をしていた。大河原教授は奈々子が教育学部に在籍していた時の英文学ゼミの教授だった。

「私も丹下刑事と実は同じ思いを抱いております」

大河原教授は奈々子から深刻な相談を受けていた。それは深夜、自分の部屋に近づいてくるスリッパの音が聞こえてくるというのだ。そのスリッパの音は奈々子が本格的に大学受験の勉強を始めた頃から聞こえ始めたようだ。

「スリッパの音は父親の歩く音で、奈々子の部屋の前で止まり、しばらくするとまた帰っていくという話を奈々子は大河原教授にしています」

大河原教授は、椎名教授と奈々子の本当の関係を知らない。奈々子の話に、心療内科にかかるように助言しただけだった。

「大河原教授は事件の詳細を知り、あの時、もっと親身になって相談に乗ってやればよかったと後悔していました」

奈々子が大河原教授に相談を持ちかけたのは大学三年生の時だった。

「松山徹の容疑は容疑として、彼の生死にかかわらず厳しく追及していく方針だ。しかし、丹下、神田両刑事から出されている意見は、事件の様相をまったく変えてしまう。松山があの女と呼ぶのが誰を指すのか、あの家の事情をすべて知り尽くし、出入りが自由にできるということになると真美子しかいない。その真美子は札幌に旅行中だった。遠隔操作で奈々子のパソコンを起動させたとしても、やはり松山徹の犯行の線が強い」

丹下は駒川本部長の次の言葉を待った。松山徹が犯人とするなら、捜査本部は松山の回復を待つ以外になす術は何もない。

「捜査員はご苦労だが、あの晩真美子が東京に舞い戻って来た可能性はないのか、そして近隣住民が撮影した動画に真美子らしき人物がいないか確認してみてくれ。その上で容疑者を確定したいと思う」

会議の後、早速二組の捜査員が武蔵小金井総合病院に派遣された。真美子と一緒に札幌、小樽、函館のツアーに同行した二人の看護師から事情聴取することになった。

二人は四月二十七日午前八時まで勤務した。一度自宅に戻り、荷物を持って羽田空港に集合したのは午後一時だった。二時のフライトで新千歳空港に向かった。札幌市内のホテルには午後四時過ぎにはチェックインしていた。

ホテル近くのジンギスカン料理の店に予約を入れ六時から食事をしている。ホテルには八時には戻っている。

二人の看護師は夜勤明けで一睡もしていない。翌朝はそれぞれが朝食を済ませ、ロビーに午前九時に集まる約束をして自分たちの部屋に入った。翌朝は約束通り午前九時に三人は集まっている。

新千歳空港から羽田へ向かう最終便と、羽田から新千歳空港へ向かう始発便の時刻が調べられた。最終便は午後九時四十五分だが、九時台には四便あった。東京に戻ろうと思えば、午後九時のフライトには十分間に合ったはずだ。羽田到着は午後十時四十分。羽田空港からタクシーを飛ばせば椎名の家には午後十一時十分頃までには到着する。

始発便は午前六時台に二便あり、いずれも午前八時前に新千歳空港に着陸する。つまり真美子は二人の看護師と別れた後、東京に引き返し、翌朝始発便で新千歳空港に舞い戻り、午前九時の集合時間までにホテルのロビーに現れるのは可能ということになる。

近隣住民が撮影した動画の再チェックと、新千歳空港から羽田に戻る四便、翌朝六時台の新千歳空港行きの二便の中に架空名義の乗客はいないかが調べられた。

午後九時ちょうどの羽田行きのN航空に、田町弘美、翌日午前六時十五分発のJ航空新千歳行きに同じ名前の乗客が確認された。チケットは新宿にあるコンビニFの端末を利用して購入され、レジで現金で支払われたと判明した。購入した日付は四月二十五日午後十時四十五分。

田町弘美を名乗る女性がチケットを購入したコンビニFの防犯カメラ映像がすぐに取り寄せられた。人の出入りの多いコンビニだった。チケットを購入した女性は深く帽子をかぶり、顔を隠すように大きめのマスクをかけていた。防犯カメラの映像では真美子と断定することはできない。しかし、体形は似ている。

新千歳空港、羽田空港の搭乗スポット付近の映像もチェックされた。やはり深々と帽子をかぶり、大きめのマスクをして機内に乗り込んでいる。

体形、歩く姿は真美子そのものだ。真美子が事件当夜、自宅に戻るところや、自宅を出るところはだれにも目撃されていない。映像も確認できなかった。

「このマスクの女性が真美子だとしたら、出火した頃から、始発便の搭乗手続きが始まるまでの間、漫画喫茶かあるいはどこか人目につかないところで数時間過ごしていたはずだ。その場所を何としても特定してくれ」

駒川捜査本部長は、全捜査員に檄《げき》を飛ばした。

田町弘美が椎名真美子と特定できれば、任意であっても本人から事情聴取が可能になる。

13　鬼畜の子

　椎名真美子と思われる女性が、椎名一家惨殺事件のあった夜、旅行先の札幌から東京に戻り、翌朝の始発便で札幌に戻っていた。真美子は惨劇が起きていた時、椎名家にいた可能性が出てきた。始発便が出るまでの数時間、どこに身を寄せていたのか、捜査員は全力を傾けて調べ上げた。

　都内に漫画喫茶と呼ばれるものは約五百店舗あり、漫画喫茶に宿泊する人は約一万五千人と推測されている。身を隠すには最適な場所となる。数時間後に羽田空港から札幌に向けて飛び立つことを考えれば、真美子は羽田空港周辺の漫画喫茶を利用する可能性が高い。

　大田区、そして隣接する神奈川県川崎市の漫画喫茶をしらみつぶしにあたった。しかし、真美子らしい女性が入店した形跡は確認できなかった。駒川捜査本部長はさらに漫画喫茶の捜査範囲を広げるか迷っていた。

　横溝が二十四時間営業のスーパー銭湯をあたってみようと提案した。特に羽田空港近くのスーパー銭湯は、最終便で羽田空港に到着した乗客、早朝便で出発する客に頻繁に利用されている。

大田区には深夜営業のスーパー銭湯が二軒あった。マスクを付けたまま風呂を利用するわけにはいかないだろう。もしスーパー銭湯を利用していれば真美子がそこに宿泊したかどうかは、漫画喫茶よりも簡単に確認できる。

二軒のスーパー銭湯に捜査員が派遣された。椎名真美子と思われる女性が平和島にあるスーパー銭湯を利用していたことがわかった。従業員が真美子の顔を覚えていたわけではなかった。真美子は新千歳空港や羽田空港の防犯カメラに映った大きめのマスクに帽子を深々とかぶった格好でスーパー銭湯にやって来たのだ。

捜査員が従業員に写真を提示すると、

「この女性に間違いないと思います。日付は忘れてしまいましたが、確か午前二時過ぎにやって来られたと思います」

と答えた。

何故従業員が記憶しているかというと、午前二時過ぎに入ってくる客は、飲んでいて最終電車を逃がしてしまったサラリーマンが圧倒的に多い。

「終電車を乗り過ごしたというＯＬもいないことはないのですが、この女性はＯＬにも見えなかったし、羽田空港から早朝出発する旅行客のようにも見えませんでした。ゴールデンウィーク前で、旅行客ならキャリーバッグの一つも持ってくるのですが、この方は何も持っていませんでした。それに大きなマスクと帽子をはっきり覚えています」

　女性は始発便で出発する他の客と一緒に午前五時頃にスーパー銭湯を出ていった。

　田町弘美になりすまして椎名真美子が東京に戻っていたのは間違いないだろう。ではいったい何のために戻ってきたのか。そして真美子はあの夜、椎名夫婦の殺人、奈々子の死にかかわったのか。

　真美子は同僚二人を誘って北海道を旅行中だった。事件への関与を疑われるのを回避するために様々な工作をしていた可能性がある。アリバイの一角が崩れたからと言って、事件への関与を正直に証言するとはとても思えない。

　松山徹の生命が危ぶまれている。そして、あの夜、椎名家の近くにいた美津濃澄夫が一酸化炭素中毒で死んでいる。単なる偶然なのか。

　真美子から改めて事件への関与を聴取する必要がある。しかし、事件に関与する明確な動機が何も見えてこない。任意で事情聴取をしたところで、全面否認されるのが落ちだろう。

　捜査本部には焦りがあった。駒川捜査本部長は椎名真美子をまず任意で事情聴取し、全面自供に追い込み、逮捕というシナリオを考えた。椎名真美子の聴取を命じられたのは、丹下ではなく、高寺だった。これまでの経緯を考えれば、真美子の聴取は丹下に任せるのが適任だが、駒川は高寺を指名した。

「真美子の聴取は本来我々が担当すべきだと思うのですが、どうして本部長は高寺刑事に振ったのでしょうか」

横溝が不満そうな顔つきで丹下に話しかける。理由ははっきりしている。本庁の高寺に手柄を立てさせたいのだ。そのことに丹下は特別な思いはなかった。昇進には関心はなく一兵卒として刑事人生を終えようとすでに心に決めていた。

誰が手柄を立てようとそれはかまわない。しかし、真美子は一筋縄ではいかないような気がした。確かに莫大な資産を一人で相続することになった。事件の背景にあるのはその資産だけではないような気がする。あいまいな点を残したまま聴取したところで、真美子は絶対に口を割らないのではないか。

丹下に命じられたのは、生命の境を彷徨っている松山徹からの聴取だった。松山はいわき市内のいわき市立市民総合病院に入院していた。松山徹の回復を待って聴取しろという命令だった。

駒川本部長は捜査本部に丹下を置いておきたくなかったのだろう。高寺に自由に真美子の聴取をさせようとする思いが透けて見える。松山徹は市民総合病院のＩＣＵに入ったまま面会謝絶の状態が続いている。そこに常駐したところで聴取などできるはずがない。

一日をＩＣＵの前で過ごすしかない。見舞いにやってきたのは松山理事長と妻の登司子の二人だった。

　家族といえども面会は認められていない。松山徹はベッドに寝かされ、何本もの点滴注射と輸血を受け、酸素吸入を受けていた。左腕の手首には包帯が巻かれていた。痛々しい徹の姿をガラス越しに見て、両親はＩＣＵの前に置かれた長椅子に崩れ落ちるように座った。

　二人とも無言で廊下の床に視線を落としている。丹下、横溝の二人に気づくと椅子から立ち上がり挨拶した。

「愚息がご迷惑をかけて申し訳ありません」

　松山理事長は深々と二人に頭を下げた。登司子は徹の事件関与が信じられないらしい。

「ホントに息子が二人の方の命を奪ったのでしょうか」

「こんなところで止めなさい」松山理事長が妻を諌めた。

「理事長のところには何と言って連絡してきたのでしょうか」

　丹下が世間話でもするような口調で聞いた。

「おそらく死ぬ気で睡眠薬と酒を飲んでいたと思います。内容は支離滅裂でした。それでも殺したのは自分ではない、あの女にはめられたと泣き喚いていました」

「私にも、しきりにあの女に欺かれたと言ってましたが、息子さんを罠にはめたという女性に、誰か思い当たる人はいますか」

松山理事長は首を横に振り、何も答えなかった。

「あんなに誰を怨んでいたのか、私にも見当がつきません」登司子が答える。「徹は患者さんにも慕われるやさしい子なんです」

登司子にしてみれば徹が殺人事件の容疑者になるなどということは、まったく想定外で信じられないのだろう。

「婚約者の奈々子さんとはうまくいっていたのでしょうか」

松山理事長と登司子が顔を見合わせた。徹に奈々子を引き合わせたのは二人だった。

松山理事長はうなだれているが、登司子には聞いてほしいことがあるのだろう。丹下を見つめ、言った。

「今さらなんですが、あの縁談話を息子にしなければ、こんなことにはなっていなかったかもしれません。今から思うと、椎名静太郎先生はすべてを見抜かれていたのかもしれません」

「どういうことでしょうか」

丹下が即座に聞き返した。

椎名静太郎は、奈々子、真美子の祖父にあたる。椎名静太郎と松山理事長は大学の先輩、後輩の関係で、二人の間には親交があった。

「実は椎名先生が亡くなられる少し前に徹の結婚相手にどうだろうかと、最初にお話しがあったのは奈々子さんではなく、真美子さんの方でした」

真美子は祖父母にかわいがられて成長した。椎名静太郎も真美子の結婚相手に気を配っていたのだろうか。

松山理事長、登司子が椎名静太郎から受け取ったスナップ写真には、奈々子と真美子の二人が写っていた。その写真を預かり徹に見せた。徹が会ってみたいと言ったのは、真美子ではなく奈々子の方だった。

「姉と妹、二人が並んで写れば、それは見栄えのいい奈々子さんに誰だって目が行きます。奈々子さんの方が美人だし、華やかな雰囲気を持っていらっしゃる」

松山徹と奈々子の縁談はそこからトントン拍子に進んでいった。

「椎名静太郎先生が、奈々子さんではなく真美子さんの名前を挙げたのは、奈々子さんの性格に何か問題があるのを見抜いていたからではないでしょうか。そんな気がするんです」

「息子さんから、奈々子さんについて何か聞かされていたのでしょうか」

「二人はよほど相性が良かったのか、息子も椎名教授のお家に度々お邪魔をしている様子でした」

何の心配もなく二人は交際を深めていったようだ。松山徹も結婚を考え、広めのマンションも購入している。すべてが結婚に向けて順調に進んでいったようだ。それが一瞬にして崩壊した。両親にしてみれば何が起きたのかまったく想像がつかないのだろう。

「結婚の準備が進んでいくと、奈々子さんの方が不安を訴えたようです」

「不安?」

「結婚に自信がないと息子に打ち明けたらしいです。奈々子さんは何の苦労もなく、育てられたお嬢さんです。家庭に入って妻として、あるいは母親として家事、育児がこなせるのか、結婚を前にしてそんなことを心配するようになったのではないかと、私はその程度にしか思いませんでした」

松山徹もそれ以上の話を両親にはしていなかった。松山徹は奈々子の不安を取り除いてやろうと、頻繁に椎名家を訪れていた。奈々子はキッチンに立ったことは一度もなく、料理ができないと松山徹に話した。

松山徹は料理学校に通い、料理の仕方を勉強すればいいと助言したようだが、奈々子は外出するのはそれほど好きでもなさそうだった。

「私、魚なんかさばけないし、野菜だって切ったこともない。リンゴの皮だって剝けないかもしれない」

奈々子からそう言われ、松山徹は包丁セットを買いに、わざわざ東京浅草の合羽橋商店街を訪れている。

「手を切らないで、魚や野菜がよく切れる包丁を教えてほしいと言ったら、笑われたと息子は言ってました」

丹下と横溝の二人は、真冬に頭から氷水をかけられたようにはっとした。

「息子さんが包丁セットを買ったという店はわかりますか」丹下が問い質すのを待ちきれずに、横溝が聞いた。

「今ここではわかりませんが、息子のクレジットカードを見ればどこで買ったかわかると思います」

丹下も横溝も、難解な微積分問題を解いたような心境だった。買った店の従業員から聴取しなければならないが、キッチンに放り出されていた包丁が合羽橋で購入されたものなら、松山徹の指紋が付いていても何の不思議もない。

椎名健一の背中に残されていた傷は、出刃包丁による刺し傷だ。出刃包丁は一階の書斎で焼かれてしまい指紋は検出されていない。もしその出刃包丁の握りに指紋が残されていたとしたら、傷の深さ、形状から逆手、つまりアイスピッククリップと呼ばれる握り方で馬乗りになって出刃包丁を振り下ろしたと思われる。

もし松山徹が刺し殺すのにどの刃物が一番効果的なのかを考えたのなら、残されていた刃物にもアイスピックグリップで握った形状で指紋が残されているはずだ。しかし、キッチンにあった包丁についていた指紋は、いずれも順手、ハンマーグリップと呼ばれる握り方なのだ。

松山徹が真犯人でないとするなら、真犯人は包丁に松山徹の指紋が付着している事実を知っている人間で、罪を松山に被せようとしたことになる。

「奈々子さんが睡眠薬を必要としているほど、深刻な悩みを抱えていたなんていう話を聞いたことはなかったでしょうか」

「これから先のことを考えると、眠れなくなると息子に訴えていたというのは聞きました」

それで松山徹は心療内科の医師から睡眠薬をもらい受けていたのだろう。

最初は妹の真美子の縁談話だったが、奈々子に振り向けられてしまった。その事実を椎名静太郎が奈々子や真美子に話すとは思えない。縁談話が動き始めた直後に椎名静太郎は他界している。しかし、椎名健一、凛々子、そして松山徹から真美子に伝わることは考えられる。

「徹さんと真美子さんの二人は何らかの交流はあったのでしょうか」

「いいえ、椎名静太郎先生が結婚相手にどうだと言ってくれたのは真美子さんの方で、それは徹も知っていました。だから会えば挨拶くらいはしていたようですが、息子の方は真美子さんを意識的に避けていたと思います」

真美子がこうした事実を知っていれば、奈々子と松山徹に対して複雑な感情を抱いていたことは想像に難くない。そうでなくても椎名家では、真美子は奈々子ほど大切に思われてこなかったのだ。

松山理事長と登司子の二人は一時間ほどＩＣＵの前にいたが、小康状態を続ける徹に、院長に最大限の治療をしてほしいと頼んで帰っていった。丹下と横溝は、粘着性のオイルが一滴また一滴と滴り落ちるような時間をただひたすら送るだけだった。

高寺は二台のパトカーでヒルトンホテルに乗りつけた。そのまま真美子が宿泊するスイートルームを訪れた。インターホンを押すと、少しだけドアが開き、「どなた」と真美子の声がした。

「警察です」高寺が答えた。

「えっ」真美子の小さな声が漏れてくる。

何度も訪れている丹下の声と違い、驚いているのかもしれない。

「今日は丹下さんではないのですか」

真美子が不思議そうな表情を浮かべて高寺に聞いた。

高寺は何も答えなかった。

「さあ、どうぞ。中に入ってください」

真美子はドアを全開にした。

「今日は任意ということで、捜査本部までご同行してもらいたいのですが」

「ここではまずいのでしょうか」

真美子の表情は急に険しいものになった。

「M警察署までご同行ください」

「では少しお待ちください。着替えをしてきます」

真美子はドアを閉めた。ドアが開いたのはそれから二十分も経過した頃だった。ロビーに下りると部屋の鍵をフロントに預けた。

高寺が先に立って歩いた。その後ろを真美子がついてくる。

エントランスにパトカーが横付けされた。

「私はそんな車には乗りませんからね」

真美子はタクシー乗り場に一人で歩いていった。高寺が慌てて後を追う。真美子はタクシーに乗ると、運転手が目的地を聞いた。

「その人に聞いてください」

高寺が運転手に告げる。「パトカーが先導します。M警察署までついてきてください」

M警察署に着くと、高寺は取調室に真美子を導いた。

小さな机を挟んで高寺と真美子が向かい合って座った。もう一人の捜査員が部屋の隅にある机でノート型パソコンを広げた。真美子の証言を記録する。M警察署の女性スタッフがお茶を二つ運んできて、高寺と真美子の前に置いた。真美子は湯飲みの中をを見て、「うわっ」と驚きの声を大げさに上げた。

「警察のお茶碗って洗わないのですか」

湯飲みには茶渋がこびり付いていた。

「淹れたてのコーヒーを出せとは言いませんが、こちらは任意で事情聴取に協力しているんです。スタバのコーヒーくらい飲ませてほしいものですね」

「そうしてあげたいのは山々ですが、こちらにも事情があるもので」高寺が答えた。

「そうですか。それは大変失礼をいたしました」

慇懃《いんぎん》無礼《ぶれい》というか、鼻であしらうように真美子が答えた。

いつまでもそうした強がりが通用すると思うなよ。高寺は心ではそう思いながら、事情聴取に応じてくれたことに対して礼を述べた。

「どうぞ、何なりと聞いてください」

真美子が高寺を小ばかにしているのは明白だった。

「二十七日、あなたは同僚二人と一緒に札幌に行きましたが、その前に奈々子さんと話しをしたのはいつか覚えていますか」

「姉とは顔を合わせれば、おはよう、おやすみなさいくらいの挨拶はしますが、それ以上の会話はもう何年もしていません」

「あまり仲は良くなかったのでしょうか」

「さあ知りません」

「知りませんということはないでしょう、二人だけの姉妹なんだから」

「朝晩の挨拶しかしない姉妹だと仲が悪いというのであれば、仲は悪かったでしょう」

「奈々子さんと会話らしい会話をしたのはいつだったのか。その内容を覚えていますか」

「そんなの覚えているわけがないでしょう」真美子が煩わしそうに答えた。

事件にはいきなり触れず、高寺は札幌、小樽、函館のどの辺りを旅行する計画だったのか、それを尋ねた。

「刑事さん、そんなことを聞きたくて私をここに呼んだのではないのでしょう。おためごかしはその辺にして本題に入りませんか」

真美子は高寺の鼻先を指先ではじくような調子で言い放った。

「ではお望みであればそうしましょう」高寺も口調を変えた。

「二十七日夜、食事を終えてホテルに戻ってきたのは何時ぐらいでしたか」

「二人の看護師は夜勤明けで寝ていませんでした。だから早めに食事をすませ、八時にはそれぞれの部屋に入りました」

「あなたは部屋に入ってからどうされたのでしょうか」

「風呂に入って寝ました」

真美子は平然と言ってのけた。警察をなめきっている。ウソがつき通せると思っているようだ。

高寺はパソコンのキーボードを叩いている捜査員に「出してくれ」と言った。捜査員は六枚の写真を高寺に渡した。

最初に新千歳空港の搭乗スポット付近で撮られた映像からプリントした写真を並べた。

「夜九時ちょうどのN航空羽田行きの便に乗るところの写真です」

真美子が三枚の写真に視線を落とす。表情に変化はまったく見られない。

高寺は残りの三枚も机に並べた。翌二十八日午前六時十五分発J航空新千歳空港行きの搭乗スポットの写真だ。

「これでもホテルの部屋で風呂に入っていたというつもりですか」

「はい、その通りです」

真美子は表情一つ崩さずに答えた。動揺している気配など微塵もない。高寺は苛立ちを覚えた。苛立ちというよりも焦りかもしれない。これだけの写真を提示されても真美子は平然としている。それどころかふてぶてしささえ見せるようになった。

「事件があった夜、あなたは東京に戻っていた。そうですね」

「いいえ、札幌にいました」

「あの晩、東京であなたを目撃したという人物もいます」

「そうですか。その方のきっと勘違いでしょう」

真美子は落ち着き払っている。真美子はまだ二十四歳だ。その真美子に高寺は完全に翻弄されていた。冷静さを失い感情を高ぶらせていた。

「警察をなめてもらっては困る。あなたが平和島のスーパー銭湯に二十八日午前二時に入っているのを従業員が確認しているんだ」

「だからその従業員の勘違いだと私はご説明申し上げているのです。刑事さん、私の言っていることが理解できますか」

高寺の忍耐もここまでだった。高寺は机を両手で叩き真美子を怒鳴りつけた。

「お前があの晩東京に戻ってきた事実を、こっちはつかんでいるんだ。椎名家に戻り、何をしたのかすべて自供した方が、お前のためだ」

感情的になる高寺と真美子は対照的だった。真美子は診察を終えた患者に診療費の請求額を告げるような調子で言った。

「私はホテルにいました。何をどう言われようと、東京にいないのに、東京で何をしたと聞かれても答えようがありません」

「ふざけるな」

高寺の声は廊下に響くほどの大声だった。

「これって任意の事情聴取ですよね」

言葉は丁寧だが、真美子はカミソリのような視線で高寺をにらみつけた。

「冷静にお話しができないのであれば、ご協力はここまでにしたいと思います」

「そういうわけにはいかんのだ」

高寺はふてくされて答えた。

その時、取調室のドアがノックされた。ドアの外には駒川本部長が立っていた。高寺は席を立ち、廊下に出た。

「真美子をそろそろ返せ」

駒川本部長からの意外な命令に、高寺はうろたえた。

「どうしてですか、しめ上げれば自供に追い込めるのに」

捜査本部に三人の弁護士が訪れ、真美子の事情聴取を即刻止めるように求めてきたのだ。その中の一人は東京地検の元検事だ。他の二人も人権派として知られ、冤罪事件の弁護にもよく名前を連ねる弁護士だった。

真美子はそのまま取調室を出て、高寺に「お疲れ様でした」と軽く会釈して、三人の弁護士とともにヒルトンホテルに帰っていった。

同行を求めた時、真美子は二十分間着替えに費やしていた。その間に弁護士と連絡を取っていたのは明らかだ。高寺はその時真美子が一筋縄ではいかない女だと初めて思った。

14　自首

椎名真美子は三人の弁護士に守られるようにして、M警察署から新宿のヒルトンホテルへ帰っていった。全面自供から逮捕へというシナリオは完全に崩れ落ちた。椎名真美子が椎名健一、そして母親の凛々子殺害に関与しているのは間違いないだろう。しかし、捜査本部が握っているのは状況証拠ばかりで決定的な物的証拠は何もなかった。

高寺が行った真美子への聴取によって、逆に手駒の少なさを真美子に悟られる結果になってしまった。三人の弁護士は真美子から聴取の内容を聞き出し、今後の対応策を練ってくるだろう。丹下が密かに恐れていたことが現実になってしまった。

真美子を任意で聴取した事実は瞬時にマスコミに流れた。取材陣が殺到した。駒川本部長はその対応に追われていた。

その日の夜だった。

「丹下刑事に会わせてください。大切な話があります」

受付から連絡をもらい丹下は一階に下りた。椚田修平が紺の警備員の制服に防寒具のジャンパーをまとってM警察署に原付きバイクでやってきた。その格好から職場から自宅に戻らず直行してきたのだろう。しかし、それにしては痩せ方が異様だ。

「お伝えしていなかったことがあります」

思いつめた表情で椚田が言った。

玄関で立ち話をするわけにもいかず、二階の空いた取調室に通した。横溝にも同席させた。

「何だね、話していなかったというのは」

「美津濃さんの件です」

「美津濃って、美津濃澄夫のことか」

椚田は美津濃の名前を口にしたが、丹下には唐突に感じられた。美津濃は奈々子の父親だが、椚田と接点があったとは思えない。

「美津濃さんが真美子に法外な要求をしていたので、真美子を困らせるのは止めてほしいとお願いしたのですが……」

美津濃が奈々子の遺産を相続しようと目論んでいたのを、椚田が知っていることに違和感を覚えた。

「それで」

丹下は余計な言葉をはさまずに椚田に話を続けさせた。

「私と美津濃さんが会っているところをマスコミや警察に知られたら、余計な詮索をされると思って、二人だけで話したいと大垂水峠に来てもらいました」

椚田は美津濃の練炭自殺への関与をほのめかした。

「二十号線のあの林道に呼び出したのはお前なのか」

「そうです」

「どうしてあんな場所を知っていたんだ」

「大垂水峠の道路補修工事の警備で、あの近辺で交通整理をしたことがありました。休憩時間になると、あの林道で休んでいました」

椚田には大垂水峠周辺の土地勘があったようだ。

「呼び出して、それからどうしたんだ」丹下の語気が強くなる。

「真美子から手を引いてくれとお願いしました」

困窮していた美津濃に大金をつかむチャンスが訪れたのだ。そんなことで手を引くはずがない。椚田にもそれくらいわかっていただろう。

「美津濃とは面識があったのか」

「いや、ありません。なんでそんなことを言ってくるのか。何様のつもりだ、誰に頼まれたんだと問いつめられました」

真美子の父親だと名乗ったようだ。それを知り美津濃は激高した。

「わざわざこんなところまで呼び出して、真美子に一人占めさ、テメーがいい思いをしたいだけだろ」

　美津濃の怒声に椚田はただひたすら頭を下げたのだという。しかし、美津濃にしてみれば数億円という遺産が転がり込んでくる可能性があるのだ。後に引くわけがない。椚田の言うなりになっていたら、椎名家の遺産すべてが真美子に渡る。

　椚田のバイクの荷台には段ボールにくるまれた練炭と七輪が置いてあった。

「最悪の事態を想定して用意しておきました」

　椚田はあらかじめ用意しておいた練炭を、美津濃が運転していたアルトの車内で燃焼させ、自殺を偽装して殺害したと自供した。

「とっくに冬は終わっているのに、どこで練炭と七輪を手に入れたんだ」

「インターネットで取り寄せました」

「それで自首してきたということか」

「これ以上は逃げ切れないと思いました」

　椚田は神妙な面持ちで丹下に言った。

　丹下は駒川本部長に美津濃が自首してきたことを報告した。

　青菜に塩のように落ち込んでいた高寺と駒川本部長が取調室に飛び込んできた。特に高寺は極上の大吟醸酒を飲んだかのように顔を紅潮させている。入ってくるなり、席を譲れと丹下の肩を叩いた。

丹下は何も言わずに、席を立った。言いなりになっている丹下に腹が立つのか、横溝が丹下を睨みつけた。

廊下に出ると、駒川本部長も一緒に廊下に出た。

「お二人にはお願いしたいことがあります」

美津濃のアルトが発見された林道には、アルトのタイヤ痕の他にも小型バイクのタイヤの轍が残されていた。

「相模湖警察署に椚田の原付きバイクのタイヤと現場のタイヤ痕が一致するか、大至急照合してもらってください。もう一点やってもらいたいことがあります。椚田がインターネットで練炭と七輪を取り寄せた事実があるかどうか確認してください」

丹下と横溝に振られた仕事は、椚田の証言の裏取りだった。

M警察署前の自転車置き場に止められた椚田の原付きバイクのタイヤの形が採取された。それと現場に残されていた小型バイクのタイヤ痕と照合した。同一のものと確定した。

インターネットで購入したという練炭と七輪も、椚田のクレジットカードの購入歴から自供通りだと判明した。

裏取りの地道な仕事を終えると横溝が不満を漏らした。

「丹下さんはあいつらに勝手なことばかりされて悔しくないんですか」

本庁から派遣されてきた刑事に手柄を横取りされ、横溝は怒りが抑えられないでいるのだろう。

「誰が取調べようが真犯人が捕まればそれでいいだろう」

横溝の不満をやり過ごすように丹下は答えた。

「そんなことばかり言ってるから、サセン……」

と言って、途中で口を閉じた。

――左遷刑事《でか》。

丹下がそう呼ばれるようになったきっかけは、上司との激しい対立だった。会社経営者の子供が誘拐されるという事件が発生した。犯人は多額の身代金を要求。人質を救出するためには犯人の要求に応じて金を渡すべきだと主張した。

上司は犯人の要求には断固として応じるべきではないと主張し、丹下と激しくぶつかった。結局、身代金を渡さずに犯人全員を逮捕した。しかし、人質は遺体となって発見された。

捜査本部の方針に異議を唱えた丹下は、扱いにくい刑事として上司に嫌われ、異動が多くなった。

行く先々で邪魔者扱いされる丹下は頻繁に勤務地を変えられた。そんなことから刑事の間では「左遷刑事」とか「丹下左遷」などと揶揄されていたのだ。

丹下左膳は林不忘が、戦前の新聞に連載した小説に登場する剣豪だ。隻眼隻腕で、戦前にも映画化され、戦後は丹波哲郎が演じた。その剣豪になぞらえて「丹下左遷」と裏で面白おかしく噂されているのも知っていた。

それでも丹下は刑事として凶悪な犯罪捜査にかかわれることで満足していた。

大垂水峠まで練炭と七輪を運んだのは栩田だろう。しかし、自殺と見せかけて美津濃を殺したのは栩田ではないと、丹下は踏んでいた。

「栩田は美津濃殺しの真犯人ではないと思う」

「どうしてそんなことが言えるんですか。本人が自首してきているのに。あいつにウソをつかなければならない理由はないでしょう」

「ウソをつかなければならない理由が見えないからって、ウソをつく必要がないと断定するには論理に飛躍がありすぎる」

横溝は丹下と話もしたくないのだろう、目を合わそうともしない。

「真美子に遺産が渡り、その恩恵にあずかる栩田に怒りと嫉妬で感情を高ぶらせている美津濃が、ではどうやって睡眠薬を飲むというんだ」

アルトを運転している美津濃が、林道で自ら睡眠薬を服用するのはありえない。

「強引に飲ませるか、何か飲料水に混入させることだって可能でしょう」

「そうできたとしても、美津濃の遺体には矛盾が生じる」

「矛盾ですか」

横溝の顔にはもううんざりだといった思いが表れている。

「お前、Z睡眠薬の添付文書を読んだか」

美津濃の血液からはZ睡眠薬の成分が検出されている。どんな薬にも添付文書が添えられている。薬の成分、効能、服用方法、禁忌事項などが記されている。その中には服用後の時間経過ごとの薬効成分血中濃度も記載されている。

睡眠薬にはいくつかのタイプがある。即効性のある超短時間作用型の睡眠薬は、すぐに成分が体内に取り込まれる。それでも血中濃度が半減するには二時間から四時間が必要になる。短時間作用型の半減期は六時間から十時間程度だ。

「手術に使う麻酔でもないかぎり、飲んで熟睡してしまう睡眠薬なんていうのはない。たとえ何らかの方法で飲まされたとしても、異変を感じればその場から逃げようとしたはずだ」

現場から国道二十号線まではそれほどの距離はなかった。

「美津濃の自供から判明したのは、練炭と七輪をインターネットで購入し、原付きバイクで現場まで運んだという事実だけだ」

丹下は事件の全貌を推測することはあっても、推測で容疑者を追いつめることだけは意識して避けてきた。

「それでは丹下さんは誰が真犯人だと思っているのですか」

「微細な証拠も見逃さずに、それを丹念に集め、積み上げて真犯人を追いつめるのが俺たちの仕事だ」

椚田は美津濃澄夫殺しの真犯人ではないと丹下は判断していた。しかし、丹下は自分の意見を本部長に進言するのは避けた。特に駒川には言う必要はないと思った。丹下が「左遷刑事」と呼ばれるようになったのは、捜査本部と対立する意見でも決してひるむことなく述べてきたからだ。それが上司の反感を買い、使いにくいからという理由でほかの警察署に異動を命じられてきたのだ。

M警察署の竹沢署長はそんな丹下の実力を高く評価する数少ない一人で、竹沢署長の配慮に応えるためにも、波風を立てずに事件を解決しなければならないと思っていた。

椚田は警察の捜査が自分の身に迫ってきたことを察知し、自首してきたのだろう。椚田は美津濃殺害を自供したためなのか安堵の表情さえ浮かべている。

椚田は真美子の実の父親だ。自分の娘が任意の事情聴取を受けたとあって、じっとしていられなくなり、自首を決意したのだろう。

刑務官の話しによると、椚田は留置場でゆっくり休んだようだ。しかし、出された食事はほとんど残したらしい。

昨日と同じ取調室を使った。本格的な取調べはこれからだ。

「ご迷惑をおかけします」

梛田は神妙な顔つきで高寺に挨拶した。梛田は殺人を認めた以上、それまでの経緯を隠す必要性はもはやない。高寺の想像通り、詳細を語り出した。

梛田と真美子は、七年前から交流を持つようになった。きっかけは梛田が家の周辺をオートバイで回っているのを、奈々子が最初に気づいた。

「奈々子さんはベランダからよく外を眺めていたので、それで気づかれたんだろうと思う」

奈々子は梛田を変質者かストーカーと勘違いした。家の周辺をうろつく不審な男性がいることを、真美子に告げた。

真美子が残業を終えて帰宅すると、原付きバイクを止めて家の様子を眺めているその男性に気がついた。

「いつもあなたは私どもの家を見張っているようですが、誰ですか」

梛田はバイクのエンジンをかけ、その場から逃げようとした。

「逃げてもむだです。バイクのナンバーを覚えましたから」

それで観念して梛田はエンジンを切った。真美子は強い口調で身分証明書を見せろ

知った。

真美子はその瞬間、自分の戸籍欄に記載されている父親の名前と同一だということを知った。

と椚田に迫った。椚田は警察に通報されるのを恐れて、免許証を真美子に提示した。

「お父さんなの」

真美子の問いかけに、椚田は思わず涙を流してしまった。それですべてを真美子に知られてしまったのだ。

それ以降、真美子と椚田は密かに、定期的に会っていた。

「私は、凛々子との出会い、離婚の経緯を真美子に正直に伝えました。凛々子は私のことをＩＴ企業の実業家で、離婚の理由は、私の派手な女性関係だと、二人に教えていました」

椚田は若いころ青年実業家として知られ、銀座の高級クラブにも頻繁に出入りしていた。そこで当時リベルティプラザを経営していた凛々子と出会った。椚田は凛々子に心を奪われた。

一方、凛々子は高級クラブの店長をしていた美津濃と付き合っていた。しかし、椚田の猛攻に美津濃との関係を清算し、椚田と付き合うようになったのだ。

奈々子も真美子も、戸籍上の父親は椚田修平で、美津濃澄夫と奈々子は戸籍の上では他人同士だ。しかし、父と娘の関係であることを、美津濃は確信しているからこそ、奈々子が相続した資産の分与を要求したのだろう。合点がいかないのは、凛々子が実の父親の名前として美津濃を挙げたからといって、奈々子の実の父親かどうかはっきりしたわけではない。

「どうして二人は父と娘と確信を持つようになったのか。美津濃が一方的に父親だと思い込んでいる可能性だってあるだろう」高寺が質した。

「最近の若い女性は血液型による占いを信じている」

インターネット上には星座占いのほかに、血液型占いなどが氾濫している。奈々子、真美子の二人はそれぞれの血液型を当然知っている。母親の凛々子も自分の血液型を何かの折に二人に教えていただろう。

「食事をしている時だったか、真美子から私の血液型を聞かれた。それで何気なく、A型だって答えた。その瞬間、真美子の顔色が変わりました」

真美子は病院に勤務している。両親の血液型の組み合わせで何型の子供が生まれるか熟知していた。

「その時に、私と凛々子が結婚するまでの経緯を根掘り葉掘り聞かれたんです」

椚田は正直に二人の結婚について事実を打ち明けざるをえなかった。

二人が出会った時、すでに凛々子は美津濃の子供を妊娠していた。

「奈々子の父親は他にいるのを隠すことはできたと思いますが、真美子も奈々子ももう大人だと判断して、私は真実を真美子に話しました。二人がまだ子供の頃、どんな父親なのか大人になったら会いたいねと、よく話しをしていたそうです。真実を話すべきだと思いました」

その後だろう、奈々子と真美子が凛々子に真実を語るように迫ったのは。凛々子はその時に、美津濃澄夫の名前を二人に告げている。

「それからどうしたのかは知りませんが、美津濃澄夫の居所を突きとめてしまったようです」

奈々子と美津濃がその後付き合うようになったかどうかは、椚田は知らなかった。しかし、美津濃は椎名一家惨殺事件の夜、椎名家の周辺に姿を見せている。奈々子との間に交流があったことは考えられる。

「美津濃は何と言って、真美子に接触してきたんだ」

「椎名健一、凛々子の財産は、奈々子、真美子の二人で相続することになるが、奈々子の死によって、彼女が相続した遺産は俺にも相続の権利が生じると、真美子に伝えてきたようです」

美津濃は一家の死んだ順番にこだわっていた。報道では、椎名健一、凛々子がほぼ同時に死亡し、搬送先の病院で奈々子が死亡している。

「真美子はお金に苦労することなく育ってきたせいか、遺産に執着するような気持ちはありませんでした」

「しかし、血液型では美津濃が父親の可能性もあるが、それだけでは不十分だろう」

美津濃の血液型はB型だが、AB型でも母親がO型なら、B型の子供は誕生する。凜々子が当時は美津濃と付き合っていたと二人に打ち明けただけで、確たる証拠は何もないのだ。極端なことを言えば、美津濃の他にもB型かAB型の男性と付き合っていれば、奈々子はその男性の子供ということも考えられる。

「美津濃も当然そのことを知っていて、科学的に証明できるDNA鑑定書を持っていると真美子に伝えてきていたようです」

丹下刑事の聴取に、真美子は弁護士を介して話し合いをしようと、美津濃に伝えたと答えている。あり余る資産がある。相続税を考慮すると、美津濃に分与する資産など痛くも痒くもないといったそぶりを見せたらしい。

「実際にどれくらいの要求があったのか私は詳しくは聞いていませんでしたが、あまりにも法外な要求だと悩んでいました。その姿を見ていたので、法に従った財産分与で納得してほしいとお願いしたのですが、彼は聞く耳を持たなかったというか、私にでしゃばるなとものすごい剣幕でした。それで話しても無駄だと思い……」

椚田は最悪の事態に備えて、睡眠薬入りのコーラや水を準備し、自殺と見せかけて殺すために練炭と七輪を用意していたのだ。

周囲はすでに暗くなっていた。明かりはアルトの室内灯だけだった。緊張し喉が渇いていた。椚田は原付きバイクの後部荷台から水を取り出し、一気に飲んでしまった。美津濃も声をからして怒鳴ったせいか、「俺にも飲ませろ」とコーラを要求した。椚田はキャップを取り、美津濃に渡した。

「すぐに薬の効果が出たのか、美津濃は朦朧とするようになった」

椚田は運転席のドアを開け、美津濃を座らせシートベルトを装着した。助手席を可能な限り後部座席に寄せた。助手席には美津濃が着ていたのか、汚れきった青のセーターが置いてあり、それを後部座席に放り投げた。

助手席の足元には酒の量販店のチラシが何枚も落ちていた。それに火が燃え移ると、練炭自殺が疑われる可能性があるので、それらのチラシも後部座席に置き、その上に青いセーターを置いた。

何もなくなった空いたスペースに七輪を置き、練炭に火を点けた。練炭の底が真っ赤に燃えあがるのを確認し、椚田は林道から国道二十号線に出て、自宅に帰った。

翌日は何事もなかったかのように警備の仕事についていた。

遺体発見時の詳しい状況はマスコミには発表していない。にもかかわらず椚田はアルトの車内の様子を詳細に語った。

その証言には犯人でしか知りえない秘密の暴露が含まれている。高寺は美津濃殺しの犯人だと確信を持った。

椚田を美津濃の殺害容疑で逮捕した。


夜に入り、駒川本部長は緊急の記者会見を開き、椚田の身柄を拘束し、自供の裏が取れたので逮捕に至った事実を公表した。その経緯を詳細に発表したのは高寺だった。椎名一家の複雑な血のつながりが何のためらいもなく発表された。実際にその報道被害を受けるのは真美子一人だけだが、新聞、週刊誌、テレビが興味をそそるようなタイトルで、大々的に報道するのが丹下には想像がついた。

記者会見にはM警察署の小会議室があてられた。テレビカメラが駒川と高寺に向けられ、高寺が興奮気味に記者の質問に答えている。

「高寺さんは、真美子の任意の事情聴取に大きなチョンボをしでかしたのにこれでチャラ、大きく挽回したと思っているんでしょうね」

横溝が冷ややかな口調で言った。

挽回どころか大きなミスをまた犯していると丹下は思った。

高寺は実際の捜査現場の経験がそれほど多くはないのだろう。こうした刑事が本庁だけではなく警察の組織の中に徐々に増えていっている。

靴底をすり減らし、穴の開いた靴で目撃者捜しをしたなどというエピソードは、もう過去の話になっているのかもしれない。

友人の刑事から医療ミス事件の捜査の困難さを、酒を飲みながら聞かされたことがあった。医療事件のほとんどが密室の中で起きている。患者も死亡しているケースが多い。手術室の中は医師と看護師しかいない。事実をあぶりだすのが容易ではない。

医師のモラルの低下だけではなく、医療レベルの水準そのものが低下している可能性があると、友人は指摘していた。

優れた医師というのは困難な手術を、経験豊かな医師の下で学び、自分でも手術を経験しながら腕を高めていく。ところが名声を求める医師は臨床経験を積み上げようなどとは考えない。彼らが医師として注目され、評価されるのは臨床経験ではなく、世界的にも認められている医療専門誌にいくつ論文を発表したかによる。

「極端なことを言えば、メスを握ったことのないような外科医が、日本屈指の名外科医になってしまう可能性がある。それが今の日本の医師の現状だ」

丹下はその友人の言葉を、記者会見を聞きながら思い出していた。

高寺は得々として記者発表をしているが、記者発表の内容は近いうちに崩れてしまうと思った。アルトの車内の様子は確かに秘密の暴露にあたる。

しかし、椚田の睡眠薬の入手経路が明らかにされてはいない。美津濃の睡眠薬服用後の様子は、添付文書の内容と整合性が取れていない。Z睡眠薬は数十分で朦朧としてしまうような薬ではない。

椚田が自分でペットボトルの水を飲んだからといって、美津濃も飲料水を要求し、何の疑いもなくそれを飲むとは、丹下には思えなかった。警察の世界でも捜査能力は明らかに低下していると思った。その一方で、出世に対する欲望は、以前とは比較しようもなく肥大化しているように思えた。

15　救命

松山幸治理事長から連絡が入った。

「このままでは息子は惨殺事件の犯人になってしまいます。息子は無実を訴えています。病院の方には私が無理を言って、警察の聴取を許可するようにお願いしました。息子の容体は一進一退を続けていますが、私も医師です。一時間ぐらいの聴取は可能と判断しました。本人もそれを強く望んでいます」

松山徹は意識を回復し、事情聴取には応じられるようだ。丹下と横溝はいわき市立市民総合病院にパトカーを急行させた。松山徹はＩＣＵから出て個室に移されていた。病室に入る前に市民病院の院長から、「主治医を同席させ、本人や家族が望んだとしても、患者の容体を看ながら、主治医が限界だと判断した時は即刻聴取を止めてもらいます」と告げられた。

丹下はその条件を了承した。

個室にはいると、松山は酸素吸入器を外されていたが、点滴注射を受け、心拍数、血圧、呼吸数がモニターに表示されていた。丹下らが来ることを知り、松山理事長と妻の登司子も同席した。時間が限られている。松山徹の容体が変化すれば聴取は途中で中止せざるをえない。一分一秒もむだにはできない。

「あの日、何故あなたは椎名家周辺をうろついていたのですか」

「家の近くで待機してほしいと頼まれた」

松山は苦しそうに答えた。

「誰に頼まれたのですか」

「真美子」

かすれるような声だ。

「真美子から頼まれたんですね」耳元で丹下が確認する。

松山が頷く。

「必ず連絡すると……」

「真美子は札幌に行ってます」

「夜の十一時過ぎだったと思う、携帯の方に真美子からメールが入り、パソコンを開けろと指示がありました」

松山が持っているタブレットを起動させると、奈々子からチャット回線を接続するリクエストが入っていた。松山はそのリクエストに応じた。

「奈々子の部屋が映っていました」

部屋の隅に置かれたフロアライトだけが灯されていた。部屋の様子をはっきりと確認することはできなかった。しかし、奈々子はベッドで眠っているように見えた。

「どうして眠っている奈々子がチャットを求めてきたのか、私にはわかりませんでした」

奈々子のパソコンを本人以外の誰かが起動させたのだろう。松山は奈々子に電話をしてみようと思った。

その時、部屋のドアが開いた。

「誰かが入ってくるのがわかりました」

人影は奈々子のベッドに近寄ってくる。フロアライトに浮かび上がったその姿は椎名健一だった。

「奈々子から父親の愛情は度を超えている、と聞かされていました」

「具体的には？」

「奈々子は中学生の頃まで、父親と一緒に入浴していました。それが当たり前だと思っていたようです」

クラスメートに打ち明けると、「キモイ」とからかわれ、母親に相談した。

「父と娘なんだから一緒に風呂に入るくらいあたりまえでしょう、と相手にもされなかったらしい」

椎名健一の溺愛ぶりは奈々子が高校に進学するとさらにエスカレートした。大学受験の勉強をしていると、椎名は奈々子の部屋に入ってきて、付きっ切りで問題の解き方を指導した。

「受験勉強が終わると椎名教授は自分の部屋に戻らず、奈々子のベッドで一緒に寝ていたそうです。私は奈々子の言っていることが、最初は信じられませんでした」

松山徹と奈々子が交際するようになると、奈々子は自宅で松山と会うのを希望した。外出は嫌った。

「次の日の診察があるので、適当な時間に切り上げようとすると、奈々子からはもう少しいてほしいと引き留められました。今から思うと……」

松山は言葉を途中で止めた。

丹下は同席している医師に向かって言った。

「これは任意の事情聴取ですが、警察の取調室で行われている聴取と何も変わりません。ここで聞いた話は絶対に外部に漏らさないでください。いいですね」

「わかりました」医師が頷きながら答えた。

「私が奈々子本人から聞いたのは、受験勉強の後、ベッドで一緒に寝ながら体を触られたということでした」

奈々子は高校生の頃から性的虐待を受けてきたのだろう。

母親の凛々子に相談しても、真剣には取り合ってもらえなかったようだ。奈々子は母親にも詳細を語ることができず、相談相手は真美子だけだった。

　奈々子が大学三年生の夏休みだった。いくら拒絶しても部屋に入ってくる椎名に、たまりかねて奈々子は一階のリビングに下りて警察に通報した。椎名が追いかけてきて、電話を切ってしまった。奈々子は部屋に連れ戻され、部屋に閉じ込められてしまった。

　途中で切れてしまった電話に警察からコールバックがあった。凛々子がその電話に出た。警察の問い合わせに凛々子が答えた。

「父と娘が些細なことで言い争いになり、娘が警察に通報してしまいました。大変ご迷惑をかけて申し訳ありません。これから親子三人で話し合いをしますので、どうかご心配のないように」

　こう言って母親は電話を切ってしまった。その後、凛々子は奈々子の部屋に行き、激しく叱責した。

「パパは社会的にも高名な方なの。娘であっても、パパの社会的な名誉を汚すようなことは許しません」

　奈々子が周囲の者を驚かすような変貌を遂げるのは、三年生の後期授業からだった。この時の出来事が契機となった可能性は十分考えられる。

「その話が真実であろうとなかろうと、私は奈々子を愛し、結婚しようと考えていました」

松山徹はそのための準備を着々と進めていった。松山は何の苦労もなく成長し、素直な性格なのだろう。

椎名家を訪れる回数も可能な限り多くし、深夜になっても彼女の部屋から出て行こうとはしなかった。家族全員が寝静まるまで、松山は彼女の部屋に滞在した。

「お祖父様は最初真美子さんを推薦してくださったようですが、私は写真を見て奈々子と付き合いたいと言ったことから、実際に交際が始まりました。だから真美子さんと面と向かって話すのは体裁が悪く、あまりしたことはありません」

しかし、二人の交際の様子は奈々子から真美子に伝わっていたようだ。真美子から頻繁に松山にメールが届いていた。

「姉をどうか幸せにしてあげてください」

松山は毎回ではないにしろ真美子に返信していた。

しばらくすると真美子からのメールは、奈々子を中傷するような内容に変わっていった。

学生時代の性的乱脈ぶり、ネットで知り合ったシニア世代相手の売春を暴露するものだった。

「結婚に向けての準備が進むにつれて真美子さんからのメールはひどくなるばかりで

した。私が真美子さんではなくて、奈々子を結婚相手に選んだことに対する怨みがそうした形で現れたのだろうと思い、私はまったく相手にしませんでした」

真美子の嫌がらせは、奈々子の耳にも入っていたと思われる。奈々子は不眠を訴え、結婚に自信をなくしていった。

そしてついに四月二十七日の夜を迎えることになる。

「真美子さんからとんでもないメールをもらいました」

松山の血圧は高くなり心拍数も上昇していった。呼吸もさらに荒くなり、あえいでいるような状態だった。医師が松山の症状をうかがう。

「大丈夫ですか」

医師は酸素吸入器を松山にあてた。

「今日はこの辺で止めた方がいいかもしれません」

医師が言うと、松山は酸素吸入器を自分で外し、「大丈夫です。続けます」と言った。

松山理事長も、「このままもう少し話しをさせてやってください」と主治医に頭を下げた。

聴取が継続された。

「奈々子は父の愛人だと言ってきたのです。でも、その地獄から助けてやれるのは、あなたしかいないと連絡をもらいました。父とのこれまでの関係を断ち切って、あなたのところへ身を寄せるから、どうか姉を受け入れてやってほしいと、それまでのメールとは打って変わった内容でした」

どういう事情があるのか松山にはいっさい説明がなかったが、二十七日夕方からは、いつ姉が家を出てもいいように家の周辺に待機していてほしいというメールだった。

「奈々子に連絡を取れば、両親に計画が筒抜けになるので、奈々子からの連絡を待ってほしいと……」

待機中に入ったのが、真美子からの「パソコンを起動させて」というメールだった。

「チャット画面を見ていて、奈々子の部屋に入ってきた男性が、椎名教授だとすぐにわかりました」

すでにベッドに横になっていた奈々子とどうして松山のタブレットがつながったのか。そうしたことを考える余裕は松山にはなかった。

椎名教授はベッドの横にしばらく立ちすくんでいた。奈々子の寝顔を眺めているようにも見えた。

椎名教授は、ポロシャツを脱ぎ捨て、乱暴に床に放り投げた。ベッドの毛布をはぐと、奈々子の上におおいかぶさっていった。奈々子が目を覚ました。睡眠薬を飲んでいたせいなのか、重そうに体を反転させ、拒絶する仕草を見せた。

「チャット画面はそこで突然切れてしまいました。今まで真美子さんから聞いていた話は事実だと確信しました。奈々子から聞かされた父親の性的虐待も、何もかも事実だったと悟りました」

松山はパニック状態に陥り、完全に冷静さを欠いていた。松山はエンジンをかけ、ベンツで椎名家に走り込んだ。

「奈々子さんを助け出さなければと、頭にはそれしかありませんでした」

松山は家の周辺に待機している間、コンビニ三軒を回っている。いつまでもコンビニの駐車場に車を止めておくわけにもいかず、周辺を車でドライブしていた。十五分あれば椎名家に到着する。松山はベンツのアクセルを踏み込んだ。

玄関の鍵は当然閉められていると松山は思った。ドアノブをひねり体当たりした。鍵はかけられていなかった。松山はもんどりうって玄関に倒れ込んだ。

一階寝室から驚いた凛々子が玄関に走り寄ってくる。

立ち上がり二階に駆け上がろうとする松山の前に、凛々子が立ち塞がった。

「何時だと思っているんですか」

凛々子が激しく松山を叱責した。

「奈々子さんを助けないと」

そう言って松山は凛々子をどかして階段を上がろうとした。しかし、凛々子は両手の爪を剝き出しにして松山の顔をひっかいてきた。松山は凛々子を突き飛ばして二階に駆け上がった。

「抱きかかえるか、背負うか、とにかくどんなことをしても奈々子さんを救い出してやろうと、私は夢中でした」

松山は奈々子の部屋のドアを開け、中に飛び込んだ。

奈々子は放心状態で天井を見上げていた。

背中を何ヶ所も刺された椎名教授がベッドからずり落ちるようにして倒れ込んでいた。

「刺されて間もなかったのだろうと思います。背中からは血が流れ、床は血の海でした」

松山は奈々子に駆け寄った。その時着衣に椎名教授の鮮血が浸み込んだ。

「奈々子はゴメンネ、ゴメンネと繰り返すばかりで、何が起きたのか何も語ろうとはしませんでした」

「彼女はすでに自分の手首を切っていたのでしょうか」

「いいえ、それだけははっきり覚えています。彼女は自殺なんかしていません。そばに寄った私の顔を彼女は両手で抱きかかえるようにして、『早く逃げて』と言ったのです」

その時、ドア付近で女性の悲鳴が上がった。

ふらつく足どりで凛々子が奈々子の部屋に入ってきた。フロアライトの明かりで、腹部、胸部が真っ赤に染まっているのがわかった。

松山が凛々子のところに走り寄ると、崩れ落ちるようにして倒れかかってきた。凛々子を受け止めると、胸と腹から生温かい血が噴き出しているのがわかった。凛々子はかすかな声で「助けて」と訴えていた。

松山は奈々子の方を見た。奈々子が泣いているように見えた。

「逃げて」

かすれるような声で奈々子は松山に言った。

「どうしていいのか、何が起きているのか、私にはもう思考能力がありませんでした。恐ろしくなって悲惨なあの現場から逃げ出してしまった。結局、彼女を救い出せなかった。勇気がなかったんです。彼女の部屋から一一〇番通報していれば、こんな事態にはなっていなかったと思います」

松山はベンツにもどると車を発進させた。発進して間もなく、椎名家の方角から火の手が上がるのが見えた。少しでも現場から離れたいと思った。どこをどのように移動したかわからないが、深夜の公園に車を止めて、車内に積んであった衣服に着替えをした。

ラジオをかけながら深夜の都内を走った。

「気がつくと成田空港に向かっていた」

椎名家で惨殺事件が起きたことを知った。ますます警察に出向いて事実を話すことが困難になった。

「私の言うことを信じてもらえるとは思えなかったのです」

さらに数時間後、手首を切って奈々子が死亡したことを知った。

「警察に行けば、間違いなく二人を殺した犯人として逮捕されると思いました」

成田空港第一ターミナルの駐車場にベンツを止め、タクシーを使って成田市内に出た。

「逃亡する気なんてありませんでした。奈々子とのチャット画面を開けるのは真美子しかいないと、その時にようやく気づきました。真美子がすべてを仕組んだと思います。何としても彼女と連絡をつけて、事実を告白してもらおうと思いましたが、彼女とは連絡が取れませんでした。もう死ぬしかないと思って自殺を試みました」

松山徹は今も生死の境を彷徨っている。万が一死んでしまえば、自分が殺人犯に仕立てられてしまう。それだけは回避したかったのだろう。松山は命懸けで事情聴取に応じてくれた。

すべてを話し終えると意識を失った。しかし、脈拍、血圧、呼吸数に急激な変化は見られない。

「これで終わりにしてください」

主治医が強い口調で言った。

丹下、横溝は退室した。松山理事長も部屋を出てきて、「どうか息子の言っていることを信じてやってください」と二人に深々と頭を下げた。


捜査本部は椎名健一、凛々子夫婦の殺人は松山徹の犯行で、美津濃澄夫の自殺を偽装した殺人は椚田修平の仕業だと決めてかかっていた。美津濃については、椚田に殺人の動機が存在する。しかし、松山徹には二人を殺さなければならない動機はない。

「本部長はどうする気でいるのでしょうか」

横溝が捜査本部の杜撰《ずさん》とも思える方針に気を揉みながら言った。

「松山が死亡すれば反論もできないし、命が助かったのなら、強引な取調べをすれば自供するとでも思っているのだろう」

松山の無罪を晴らす具体的な物証は何一つとしてない。一方、椎名家の現場検証の結果は、松山の犯行とみても矛盾するものは何もない。しかし、丹下は松山徹の証言に信憑性はあると思った。

「松山が犯人でないとすると、あの夜、家に侵入したのは椚田、その他に考えられるのが美津濃。そして本人は真っ向から否定していますが、真美子もあの家に戻っていた可能性は十分にありますね」

「その通りだが、推測で追いつめたところで、高寺さんと同じ轍《てつ》を踏むことになる」

丹下は横溝を戒めるように言った。

真美子が椎名健一、凛々子の殺人に関与していたとすると、両親を殺したいと思うほどの憎悪はいつ生まれたのか。

奈々子も真美子も、椎名健一から自分の思うように生きなさいと教育され、成長してきた。しかし、奈々子に親の期待が集中した。一方真美子は、自由というよりも無関心、放置されて成長してきた。大学に進学もせず専門学校に進むと言っても、ことさら反対はしなかった。姉ほど期待されていないのは、何かにつけて感じてきただろう。

もう一点、真美子が奈々子に大きなコンプレックスを抱いていたのは想像に難くない。奈々子は大手芸能プロダクションからスカウトされ、芸能界デビューを打診されたこともあった。

名門のW大学に進むと、その美しさに誰もが注目した。W大学の準ミスにも選ばれている。高級ブランド品で身を包み、プラチナカードを渡され、金も使いたい放題で羨望の的だった。

真美子の方は常に姉の引き立て役で、周辺住民の聞き込みでも「とても姉と妹とは思えなかった」と証言したものは一人や二人ではなかった。真美子は屈折した思いを心に沈殿させていったのだろう。

大学に進む実力もなかったようだ。しかし、専門学校で医療事務を学び、病院での仕事に就いている
「何の不満があったのでしょうか。私のように由緒正しい貧乏サラリーマンの家庭に生まれると、多少見てくれが悪く生まれても、金が自由に使えるのなら、何の文句があるのかまったくわかりません。真美子は生まれながらにしてすべてを手にしているのに……」

横溝が自分の育ってきた家庭環境を嘆きながら言った。

「そうだな、真美子は他人から見ればすべてを手にしている。だけど彼女にとってはすべてではなかったんだろうな。彼女にとっては最も大切なものが一つ欠けていたのかもしれない」

「なんですか、その一つ欠けていたというのは」

「俺にもわからない。でもその欠けていた一つが、真美子を犯行に走らせたのかもしれない」

真実を明らかにし、真美子を逮捕するには確実な証拠をつかまなければならない。その証拠は手を伸ばせば届くところにありそうだが、なかなかつかむことができない。

そのもどかしさに丹下も横溝も交通渋滞に巻き込まれたような苛立たしさを感じていた。このままでは真犯人を取り逃がすどころか、無実の人間を犯罪者にしてしまう。

「真美子を強引に取調室に連行してきて、拷問にでもかけて自白させたい心境になってきますね」

横溝には珍しく荒々しく感情をむき出しにした。

「そうさせないためにも俺たちが足で事実を見つけ出すしかない。刑事というのは真実を見つけ出し、犯人を逮捕する職人だというのを忘れるな。普通の職人と違うのは、俺たちにはやり直しが許されない。失敗すれば人の人生を台なしにしてしまう」

丹下はそう思って「左遷刑事」の汚名を背負って生きてきたのだ。

松山徹の聴取を終えた翌日、横溝は訪ねたい場所があるといって一人で立川に向かった。二時間程度で戻るというので、丹下は横溝の申し出を許可した。

M警察署に戻ってきた横溝は、丹下の顔を見ると嬉しそうに笑った。

「私も職人の一歩を踏み出せたような気がします」

話していても横溝から自然と笑みがこぼれてくる。

「椚田の自供は完全に崩れました」

椚田が所属する警備会社は、立川駅近くの雑居ビルの中にあった。美津濃が大垂水峠の林道で殺されたのは、五月九日の夜とされる。椚田はゴールデンウィークさなかの五月三日から出勤している。九日までの勤務状況を確かめるために警備会社を訪れたのだ。

警備会社の代表が横溝に答えた。

「椚田さんには申し訳ないと思っているが、五月八日付で辞めてもらったんだ。辞めてもらったといってもアルバイトだったたんで、うちではこれ以上仕事は出せないというしかなかった」

椚田は警備会社を解雇されていた。理由は椚田の健康状態だった。五月五日、勤務先のスーパーで激しい腹痛に襲われ、救急車で搬送された。

「警備中に下血してさ、スーパーの経営者から厳しいお叱りの言葉を受けた。そりゃそうだよ、食品売り場でズボンを血で染めて倒れてしまうんだから、客だってびっくりしてスーパーから逃げ出すよ」

搬送先の病院で緊急の処置をしてもらったようだ。下血は止まったが、直腸がん、大腸がんが疑われた。二日間入院して七日に椚田はひとまず退院した。

八日、椚田は国立市の病院で診察を受けた。その場で入院するように告げられた。大腸がんの可能性が極めて高いということだった。しかし、その日椚田は入院をしなかった。一人暮らしで、入院をするためには、着替えを用意したり、勤務先に連絡をしたりしなければならない。そう言って八日は帰宅した。

椚田が入院したのは九日の午後だった。入院当日から様々な検査が行われ、入院した夜は、二時間おきに椚田の様子を看護師がチェックしている。

「九日の夜、オートバイで大垂水峠まで出かけていくことはおよそ困難ということです」

しかし、椚田の原付きバイクのタイヤ痕は残されていた。考えられるのは八日、あるいは九日の午前中に、事件現場となった大垂水峠の林道に練炭と七輪を置いてきたことになる。

「病院の方にも確認したのですが、椚田は大腸がんの末期で、半年が精いっぱいといったところのようです。いったんは入院したものの、医師の制止を振り切って勝手に退院してしまったようです」

二度目の聴取に丹下らがアパートを訪れた時、椚田がベッドに横たわっていたのは、体力的にもかなり弱っていたからだろう。それなのに椚田は真美子のために罪をかぶろうとして、自首してきたのだ。

丹下は松山徹の聴取内容、そして横溝が調べ上げた椚田の病状と九日夜のアリバイ、この二点を駒川本部長にぶつけても聞く耳を持たないだろうと思った。丹下は竹沢署長に詳細を説明した。

「わかった。後はおれに任せろ。俺が責任を取るから、君たちは真美子を追いつめろ」

竹沢が言った。

16　歪んだ殺意

捜査本部は栩田修平の自首、全面自供によって美津濃澄夫殺人事件の幕引きをし、椎名健一、凛々子殺人は動機が不明のまま松山徹を犯人に仕立てようとしていた。事件は全面解決の様相を見せていた。

椎名真美子は相変わらずヒルトンホテルのスイートルームに宿泊しながら、港区の高層マンションの物件を見て回っているようだ。丹下が会いたいと連絡すると、自分への嫌疑が晴れたと思っているのか、快く時間を割いてくれた。

駒川本部長から真美子の髪を数本提供してもらうようにと指示を受けていた。戸籍上は栩田と真美子は親子関係にはなっているが、奈々子の例もあるので確実に親子関係を立証するために、真美子の髪の毛をＤＮＡ鑑定に回すようだ。

スイートルームに入ると、真美子はいつになく機嫌がよかった。この日も真美子がルームサービスでコーヒーを取り寄せた。

丹下が本題を切り出した。

「今日はお願いがあっておうかがいしました」

父と子であることを立証するために、栩田と真美子のＤＮＡ鑑定をする必要が出てきた。そのために髪の毛を提供してほしいと告げた。

「そのくらいでしたら喜んで」

真美子は小さなバッグから鋏《はさみ》を取り出し、鏡の前に座り、毛髪を七、八本切った。

横溝がジッパー付きのビニール袋を取り出し、その中に入れた。

「実の父を事件に巻き込んでしまいました。私にできる限りのことはさせていただくつもりです」

真美子は自分に付いてもらった三人の弁護士に、椚田の弁護を依頼していた。

ルームサービス係がコーヒーを運んできた。

「さあ、温かいうちにいただきましょう」

それまでは息苦しさを感じていたのだろうが、松山徹犯人説に捜査本部が傾いているのを知り、真美子は晴れ晴れとした声で言った。

丹下も横溝も、事件当夜の真美子の行動には言及しなかった。コーヒーを飲みながら、丹下はさりげなく聞いた。

「椎名教授はお酒の方はかなり強かったのでしょうか」

あの夜、椎名教授は泥酔状態だった。

「母と出会ったのも銀座のバーでした。飲み始めたらスコッチウィスキーでもバーボンでも、一晩で一本空けてしまう時もありました」

「そんなに飲まれていたんですか」

「毎晩ではありませんが、次の日が休みか、翌日の午前中に特別な日程がない時は、よく飲んでいましたね」

「美人のお母さんに相手をしてもらえれば、酒は進むでしょう」

丹下は冗談交じりに言った。

「そんなことはありません。母は父の酒癖の悪さにほとほと困り果てていました」

リベルティプラザでは、椎名教授のそうした話は何も出てきてはいない。愉快で、自分よりも年下の教授と飲む時は、若手に気を使って飲んでいたようだ。

「銀座では豪放磊落《ごうほうらいらく》に見えたかもしれませんが、家ではまったく違いました。外で抑えていたストレスが家庭の中で暴発したという感じですね」

「そうでしたか。家族にしか見せられない酒での失態もおありになるのでしょう」

「家でお酒を飲んだ時の父は、まったくの別人でした」

日頃抑え込んでいた不満が噴き出るのか、目の前に怒りの相手がいるかのように大声で怒鳴り、名前を出して罵倒した。

椎名家の敷地は広く、椎名が怒鳴っても外の通行人の耳に入ることはまずないだろう。それでも凛々子は体裁が悪いと、椎名教授を鎮めようとした。

「母も結婚前には気づかなかったのでしょう。一緒に暮らすようになってわかったのだと思います。でもその時にはもう手遅れでした。父のDVは異常でした」

大学で不愉快なことがあると、椎名教授は酒をあおり、不満を凛々子にぶつけた。凛々子はリベルティプラザを経営し、経済力は十分にあった。二人の娘を連れてまた元の生活に戻ることも十分可能だったはずだ。

「母は父と結婚したのではなく、父の持つ経済力と教授という社会的地位と結婚したんです」

再婚した凛々子は、椎名家の経済力を知った。一家には何もしなくても十分に生活できるだけの資金が毎月転がり込んできた。椎名家の心配の種は収入ではなく、固定資産税、所得税の納入だった。

「DVよりも、母はその経済力の虜になっていました」

一緒に暮らしているうちにDVの原因が大学の教授会にあるのがわかってきた。学部長、さらに総長に就任したいという思いが椎名教授にはあった。まずは学部長に立候補しようと考えていたようだが、支持者が集まらなかった。

「母もただの教授よりは学部長、総長に就任してほしいというか、名誉職に強い憧れを抱いていました。銀座の水商売の世界では、手練手管で教授の妻の座についたと噂されているのを母は知っていました」

凛々子はリベルティプラザを利用して、椎名教授の支持派を集めていたようだ。時には「鉄砲玉」ホステスを抱かせ懐柔したり、時にはそのネタを使って相手を脅迫したりして、椎名教授を出世させていったようだ。それが功を奏して新設の国際教養学部の学部長に就任したのだろう。

二人はまさに割れ鍋にとじ蓋だったようだ。W大学内での椎名教授の評価は、結婚前とは雲泥の差だった。国際教養学部の競争率がW大学でもトップとなり、椎名教授の総長就任も夢ではなくなった。

「母は若い頃、銀座でも有名な美人ホステスでしたが、経済力のある客を自分の指名客にするために、セックスもいとわなかったと裏で囁かれていました。でも父が国際教養学部の学部長に就任する頃には、母は銀座で最も出世したレジェンドのホステスになっていました」

凛々子へのDVはいつの間にか消失していた。しかし、その一方で、二人の娘に対する干渉が次第にエスカレートしていった。

「生きたいように生きろ、なんて格好のいいことを父は言ってましたが、あんなのは皆ウソです」

真美子の表情は険しい。腹に据えかねている思いがあるのだろう。

「学力なんかで人間の価値は決まらないなんて言っていたのに、テストで悪い点を取って、部屋の対角線上に私は投げとばされたこともありました」

真美子は父親の暴力に怯えるようになった。母親に助けを求めても、成績の悪い真美子の方に責任があると、冷たくあしらわれた。

その点、奈々子は放っておいても一人で勉強を進め、成績は常に学年でトップになっていた。

「姉はかわいいし、勉強もよくできて、父にとっても母にとっても、自慢の娘だったと思います」

両親の関心は奈々子に集中し、真美子は顧みられることはなかったようだ。それどころか両親からは見放され、侮蔑に満ちた言葉が投げつけられた。

「人間は努力すればたいていのことはできると思っていたが、お前を見ていて、そうはいかないケースがあるというのを知ったよ。大学に進もうなんて思わない方が君の人生のためにもいいだろう」

真美子はそれほど偏差値の高くない私立高校にかろうじて合格した。卒業生の多くが専門学校に進み、大学への進学率はそれほど高くなかった。高校の入学式のあった日、真美子は父親からそう言われたのだ。

母親も進学についてはほとんど何も言わなかった。端から大学に入ることを諦めていた。

「同じ私の娘なのに奈々子とは大違いね」

凛々子の口癖だった。

「美しく生まれるのも女としての才能よ」

こんな言葉を凛々子は平然と囁き、「あなたはホントになんの才能もないわね」と真美子に言い放った。「あなたみたいなブスはホステスどころか、鉄砲玉だって務まらないわ。女はね、男を手玉にとってナンボのものなのよ」

真美子の心の奥底に潜む両親への憎悪は、話を聞いていると理解できる。しかし、その憎悪が何故奈々子にまで向けられたのだろうか。丹下には理解が及ばなかった。

「以前のお話では奈々子さんとは、ほとんど口をきかなかったようですが、何か理由でもあるのでしょうか」

「姉も私が両親から叱責されるのをいやというほど見てきましたから、バカな妹と話しなんかできないと、そう思っていたのではないでしょうか」

真美子は家族三人を同時に失ったが、憑き物から解放されたように自由に自分の気持ちを語っている。

「せっかく両親がたくさんの財産を残してくれたので、資産の管理は弁護士と税理士事務所に任せて、これからどう生きていったらいいのか、一年間ぐらい海外を旅行しながら考えてみるつもりです」

弁護士や税理士と打ち合わせをするために旅行先から時々日本に戻るという。その

ために マンションを購入するようだ。

「マンションが決まり、必要な家具をそろえたら旅行に出るつもりです。日本で起きたことは、海外に行ってしまえば考えずにすみますから」

「そうなるといいですね」

丹下はわざと棘のある言い方をした。

「そうなるに決まっているじゃありませんか」

真美子は薄笑いを浮かべて答えた。警察の捜査が自分に及ぶとはもはや考えていないのだろう。新聞やテレビの報道を見ていれば当然そう思うだろう。

「もう一点だけうかがわせてください」

「五月九日はどこで何をされていたのでしょうか」

「九日って、椚田さんが事件を起こされた日ですね。その日の私のアリバイが知りたいということですね」

やはり真美子は唇に笑みを浮かべている。

「あの日は気晴らしというか、運動不足もあったので、午後から高尾山に登ってみようと突然に思いついたんです」

都心から約一時間、ミシュランガイドにも紹介された観光地だ。ヒルトンホテルの最寄り駅、京王線新宿駅からなら高尾山口駅まで直通電車が走っている。

「高尾山に登って、帰りは麓にある日帰りの温泉施設で汗を流してからホテルに戻ってきました」

ホテルを出たのは午後三時過ぎで、戻ったのは日付が変わる頃だった。

高尾山口駅は国道二十号線に面し、そのあたりから大垂水峠が始まる。美津濃が殺された現場に徒歩で行けない距離ではない。

「私が美津濃さん殺しの犯人と思っていらっしゃるのなら、それは明らかに誤りです」

真美子が高尾山の名前を出したのは、すでに美津濃殺しの犯人として椚田が逮捕されていること、そして真美子のアリバイが調べられたとしても、犯行に関与した事実は明らかにされないという自信があるからだろう。

高尾山の登山はケーブルカー、リフトを利用するコースもあれば、比較的整備された登山道を登るコースもある。中にはまさに山道といったハードな登山道を登るルートもある。そのルートから外れ、国道二十号線に沿って大垂水峠を越えれば事件現場に到達できないことはない。

「高尾山の温泉はどうでしたか」

高尾山温泉という名前の天然温泉で、登山客に人気の温泉だった。

「露天風呂はなかなかのものでしたよ」

高尾山温泉は午後十時まで入館受付し、午後十一時に閉館する。日付が変わる頃ホテルに戻ったのであれば、閉館前後に高尾山温泉を出たことになる。

しかし、ホテルを出た午後三時頃から高尾山温泉に入館するまでの時間のアリバイは不明ということだ。

丹下と横溝は毛髪の提供に礼を述べて部屋を出ようとした。

「これでしばらくお会いすることもないと思います」

真美子が二人に満面の笑みを浮かべて言った。

「海外旅行のスケジュールはもう決めたのですか」

「はい」

「そうですか。これは私のカンですが、たぶん出発前にあなたともう一度お会いすることになると思います」

丹下も真美子の笑みに応えるように、笑みを浮かべて言った。

「そうでしょうか、そうなるといいですね。ではごきげんよう」

真美子はスイートルームのドアを閉めた。


椎名家三人の司法解剖を担当したのはK大学医学部付属病院の高橋覚教授だ。高橋教授は凛々子の遺体には不可解な傷があると最初から指摘していた。

凛々子の両手の指からは、犯人のものと思われる皮膚片が採取されている。凛々子と犯人が格闘したことを物語っている。その皮膚片は松山徹のものだと判明した。

犯人は両手を使って凛々子の首を絞めた。凛々子は犯人のその手を外そうと、左右の人差し指、中指、薬指を必死に割り込ませようとした。その際に左右頚部に三ヶ所ずつ防御創が残された。

凛々子の右側頚部には親指大の淡青藍色に変色部分が確認されている。凛々子の首を絞めた時、犯人の親指が食い込んだ痕が内出血したと推定される。ここまでは合理的に説明がつく。

高橋教授が悩んだのは、親指大の変色部分の下にある爪を突き立てたような痕だった。常識的に考えれば、首を圧迫する犯人の手をのけようと、人差し指、中指、薬指と同様に凛々子が自分の親指を割り込ませた際に付いた防御創だと思われた。その防御創だけは爪の形がくっきりと右頚部に残されていた。

しかし防御創とするには説明がつかない痕なのだ。凛々子が犯人の右手を外そうとすれば、凛々子の右手親指は下から上に、人差し指、中指、薬指は上から下に力が加えられる。親指の爪形が残されるとしたら、逆U形になるはずだ。しかし、凛々子の首にあったのはC形だった。その傷だけには微かな出血が確認されている。

防御創なら凛々子の右手親指には微かであったとしても、出血した自分の血液が残されたはずだ。しかし、血液は検出されなかった。

最終的に高橋教授が下した結論は、親指大の変色部分の下の傷は防御創ではないというものだった。

ではC形の爪痕は犯人のものなのか。そう判断するのにも無理が生じる。頚部に親指の跡が残るほど力が加えられている。爪が食い込み、その形が残されるのは自然だが、親指だけが残されたというのがいかにも不自然なのだ。

高橋教授はその違和感を徹底的に解明しようと、懸命に分析を続行してくれていた。

その高橋教授の下へ真美子の毛髪が届けられた。高橋教授に栂田と真美子の二人のDNA鑑定が委託された。

高橋教授はその鑑定書を提出する時に、丹下をK大学医学部付属病院の教授研究室に呼びつけた。高橋教授の研究室は、まるでごみ屋敷を思わせるように本と書類で埋め尽くされていて、高橋教授の机までは、立山黒部アルペンルートの雪の大谷を歩いているような錯覚を覚える。本が雪崩のように崩れてきそうな細い隙間を抜けて机に辿り着いた。挨拶しようとすると、

「君の推理は正しかった。さすが丹下左遷だ」

高橋教授は丹下の顔を見るなり子供のような笑みを浮かべて言った。

高橋教授は丹下の実力を知る一人だ。親しみを込めて「丹下左遷」と呼んでいた。

丹下は二つの報告書を受け取ると、その場で読み始めた。栂田、真美子の関係は九

九パーセントの確率で親子であることが立証された。

もう一通の報告書を慎重に読み進めた。読み終えると、隣にいた横溝に渡した。横溝も食い入るようにして書類に目を走らせている。

「これで松山徹の無実を立証することができます。ありがとうございました」

丹下は二通の報告書を持ってM警察署に戻った。最初に飛び込んだのは三階の捜査本部ではなかった。丹下が松山徹、椚田修平犯人説に異論を持っていることは、捜査員の誰もが知っていた。椚田が自首してきて以来、二人は実質的な捜査から外されていた。

二人が署長室に入ると、「ご苦労だった。それで結果は出たか」と竹沢署長が聞いてきた。高橋教授が作成した報告書に目を通すと、「何とか間に合ったな」と言った。

椚田修平は明日にでも東京地検に身柄を送られる手はずになっていた。

竹沢署長は、署長室に来るように駒川本部長を部下に呼びに行かせた。駒川本部長と高寺の二人が署長室に入ってきた。

「椚田を地検に送るのは待った方がよさそうだぞ。この二人に感謝するんだな」

「何を言ってるんですか署長は。捜査は大詰めを迎えています」

言葉を荒らげて主張したのは高寺の方だった。

「どうして待った方がいいのでしょうか」

駒川本部長は落ち着いた声で竹沢署長に尋ねた。

「丹下、説明してやれ」

丹下が説明しようとすると、高寺がそれを制して、竹沢署長に食って掛かるように言った。

「こんな左遷刑事に何がわかるというんですか」

「おい、若造、テメー、今なんて言ったか、もう一度言ってみろ」

突然、廊下にまで響くような声を上げたのは竹沢署長だった。高寺はすれ違いざまに突然頬を張られたような顔をしている。

「丹下に左遷刑事って命名したのは俺だ。事情も知らねえくせして、名付け親の前で軽々しく口にするんじゃねえぞ」

竹沢署長は暴力団組合員の取調べをするような口調だ。

「椚田のアリバイを調べたのは横溝だろう、お前から説明してやれ」

横溝は連休中の椚田の勤務状況、警備会社から解雇されていた事実、椚田が一酸化炭素中毒を偽装してアルトの車内で殺された夜は、国立市の病院に入院していたことを明かした。

「椚田は大腸がんの末期で、余命半年だそうです」

「駒川君、それでも君は椚田を殺人容疑で送検するのかね」

竹沢署長が駒川本部長に翻意を迫った。

「今すぐ持ち帰って再検討します」

「その方がいいだろう」穏やかな口調に戻り竹沢署長が言った。

「ところで本題だが、これを読んでみろ」

竹沢署長は高橋教授の報告書を駒川本部長に渡した。DNA鑑定書にさっと目を通し、二通目を読み始めた。読み始めると同時に、二通目の書類を持つ手が震えている。

駒川本部長は貧血を起こしたように青ざめた顔をしている。

「このまま突き進んでいたら、栩田のチョンボどころか、とんでもないミスを犯すところだったんだぞ」

駒川本部長は黙って竹沢署長に頭を下げた。

「大変申し訳ございませんでした。ご配慮に感謝いたします」

納得がいかないのは高寺で、駒川本部長の態度が卑屈に見えるのか不愉快そうな顔をしている。

「本ボシを上げるのは、そこの二人に任せる。いいな」

竹沢署長はいっさいの反論を許さないといった強い口調で言い放った。

事情のわからない高寺が、駒川本部長を差し置いて言った。

「この大事件は本庁から派遣されてきた刑事が、最後まで責任を持って解決すべき案件だと思います」

「その刑事が頼りないから、うちの署員が苦労しているんだ。それがまだわからないのか」

「所轄に任せておけないから、我々捜査員が派遣されてきているのです」

高寺は相当プライドが高いのか、言いたい放題だった。

「黙れ、若造。俺や丹下の前で、刑事面するなんていうのは、十年早い。テメーが刑事なら、チョウチョ、トンボも鳥の内だ。なあ、そうだろう、駒川君。丹下だってそう思うだろう」

丹下は思わず苦笑いを浮かべてしまいそうになった。

駒川本部長はいまにも倒れそうなほど青い顔をしていた。

「わかりました。今後の捜査は、丹下刑事、横溝刑事にお願いしようと思います」

こう答えると、駒川本部長は高寺に三階の捜査本部に戻り、待機するように命じた。

高寺が退出すると、今後の捜査方針が確認された。

「椚田にまず事実をどう自供させるかだな」竹沢署長が最初に軌道修正すべき点を指摘した。

「事実を語ってほしいと思いますが、椚田の狙いはこのまま起訴に持ち込み、美津濃殺しの罪を被ることだと思います。彼は自分の命が半年ももたないというのを知っています」

丹下には椚田が簡単に口を割るとは思えなかった。

「最悪、事実の自供を拒否したとしても国立市の病院の看護記録があれば、今までの自供内容は虚偽だったと立証することは可能だな」

竹沢署長が見通しを語った。

「椎名健一、凛々子の二人の殺害については、高橋教授の報告書によって物的証拠が出てきました。今の段階ではっきりしていないのは、美津濃殺しをどのように仕組んだのか、そして姉の奈々子は自殺なのか、あるいは奈々子殺害も真美子の可能性はないのか、この二点です」

丹下が捜査本部の抱えている難題を整理した。

いかに杜撰な捜査をしてきたのか、駒川本部長はそれを署長室で突きつけられている。うなだれたまま何も意見を述べようとしない。丹下と横溝の二人が、粘り強い捜査をしていなければ、美津濃殺しの犯人を椚田に、椎名夫婦を松山徹に、奈々子は自殺として事件は捜査を終えてしまっていただろう。

そうなれば三人、あるいは四人を殺害した凶悪犯を自由にしてしまうところだった。

あまりにもしょげ返っている駒川本部長に、竹沢署長が意見を求めた。

「こうして客観的な証拠をそろえて考えると、今さらなんですが奈々子は自殺ではなく、他殺の可能性が大きいと思います。奈々子が自殺した時刻は、服用した睡眠薬の血中濃度が最高値に達していた頃で、とても自分の力であそこまで深く傷つけるのは無理ではないか、という医師の証言もあります」

真美子の姉に対する歪んだ憎悪を考えると、奈々子を死に追いやったのも真美子の可能性が十分にある。

17　不運な目撃者

椚田修平の聴取は振り出しに戻った。椎名真美子をかばうために美津濃澄夫を殺したと虚偽の自供をしている。裁判が始まる頃には、椚田は死亡しているかもしれない。そうなれば椚田は本望だろう。椚田も真美子はこのまま逃げ切るだろうと思っているに違いない。

しかし、椎名健一、凛々子の二人を殺したのは真美子だという確実な証拠を捜査本部は握っている。椚田がどうあがいても真美子の逮捕は時間の問題だ。真美子をかばうことは、殺人の罪を松山徹に着せることになる。それがどれほどの罪なのか、その道理がわからない椚田ではないはずだ。

症状はすでに手の施しようのない状態のようだが、このまま聴取を続けるのは、人権上の問題が出てくる。治療を受けさせなければならない。診察を受ければ緊急入院の措置が取られるだろう。そうなったとしても仕方ない。

丹下はK大学医学部付属病院で椚田に診察を受けさせることにした。捜査本部の事情は高橋覚教授を通じて院長に伝えてある。黒塗りの警察車両の後部座席に丹下と横溝に挟まれるようにして椚田が座った。

自首してきた日よりも痩せ、眼球が落ち込んでいる。椚田は東京地検に身柄が移されると思っている。

「これから病院に行くからな」

丹下の言葉にうろたえ始めた。

「別に体を診てもらわなくても結構ですが……」

「診なくていいわけがないだろう」

丹下の言葉に椚田は黙りこくった。

「父親として娘を守ってやりたいという気持ちはわからないでもないが、お前の考えていることはすべてが砂上の楼閣だ」

丹下もそれ以上のことは語らなかった。

K大学医学部付属病院に着いたのは、外来患者の診察がすべて終わった午後五時過ぎだった。椚田が自首前に入院していた国立市の病院から、診療記録がK大学医学部付属病院に移管されていた。内科医と検査スタッフが待機していた。

内科医は椚田から採血し検査に回した。心電図、脈拍、血圧、呼吸数などを測定し、胸に聴診器をあてた。

「しばらく入院してもらうしかないですね」内科医が言った。「本格的な検査と治療は明日からにしましょう」

栩田は個室に案内された。

個室に入り、ベッドに寝かされると丹下が言った。

「M警察署の留置場と同じだと思ってくれ。二十四時間ドアの前で警察官が警備にあたっている」

医師が控えめにドアをノックした。

「栄養状態も悪いので取りあえず点滴で栄養を補給します」

点滴の処置が施された。

栩田は何故入院するようになったのか、わけがわからずに戸惑いの表情を見せている。

「明日から本当のことを聞かせてもらう。今晩よく考えておいてくれ」

「高寺刑事にすべて話してあります」

「俺たちが聞きたいのは本当の話だ。いくら娘をかばってみても、真美子は椎名健一、凛々子夫婦殺害の容疑で近いうちに逮捕される。松山徹は無罪だというのがはっきりした。やってもないことをやったと言い張って、娘の罪をかぶることが父親として本当に正しいことなのか、一晩よく考えてみるんだな」

こう言い残して丹下と横溝は部屋を出た。

翌日午前九時、再びK大学医学部付属病院の個室を訪れた。椚田は朝食をすませた直後だった。

「よく眠れたか」

「はい、おかげさまで昨夜は眠れました」

何を聞かれるのか椚田が緊張しているのがわかる。丹下はベッドの近くに見舞客用のパイプ椅子を二つ並べ、丹下と横溝が座った。横溝が聴取の内容を記録した。

「正直にすべてを話してくれ。いいな」

「これ以上何を話せばいいのですか」

「九日の夜のことだ」

「その話しは高寺さんに何度もしてあります」

「いい加減な話しはもう終わりにしないか。お前があの晩国立市の病院に入院していたのははっきりしているし、二時間おきに看護師が容体を確認し、その記録も残っている。さらにつけ加えるなら、病院の防犯カメラにもお前が病院から外出した映像は残っていないんだ」

いくら美津濃殺人を主張しても、検察でも裁判所でも相手にしてもらえない。

「昨日も言ったが、真美子が二人を殺したという決定的な証拠があるんだ。いくらお前が真美子をかばったところで、美津濃殺しも真美子の犯行だと判明している。あんたは連休中に勤務先のスーパーで倒れ、救急車で搬送されている。それから九日の午後に国立市の病院に入院するまでの間に、練炭と七輪をあの犯行現場に運んでいる。共犯だが直接手を下したわけではない。真美子に何を頼まれたのか、正直に答えてくれ」

　椚田は沈黙した。

「黙秘権を行使するならそれでもかまわないさ。でもそんなことをしても無駄だぞ。今捜査員があんたのアパートから大垂水峠まで、お前が通りそうなルートに設置してある防犯カメラをすべてチェックしている。いくら自分が殺したといっても、ウソは必ずばれてしまう」

　それでも椚田は天井を見つめたまま押し黙っている。

「そうか、わかった。話したくないか」

　丹下は大きく一つ溜息をついた。

「あんたは真美子の罪をかぶってやることが、父親として果たせる最後の、そして唯一の役目だと思ってるかも知れないが、それは大間違いだ。真美子は三人、今後の捜査では四人殺している可能性がある。そんな真美子に真っ当な父親の愛情を見せてやることが、あんたがやらなければならない最後の仕事だと俺は思う。それがわからないのであれば、勝手にするがいい」

丹下と横溝は椅子から立ち上がった。部屋を出ようとドアノブに横溝が手をかけた。

「待ってください」

椚田が弱々しい声で呼びかけた。

「事件を止められなかったのは私の責任なんです」

話す気になってくれたようだ。二人は椚田のベッドの横に座り直した。

「真美子は美津濃から法外な遺産を要求され、脅迫されていたんです」

椚田は真美子から美津濃の殺人計画を聞かされた。しかし、何もかもが手遅れだった。真美子は両親と姉の三人を殺害した後だった。

仕事帰りに椎名家の周辺をバイクで一周して帰宅していた。それが奈々子と真美子に知られた。しかし、それを契機に真美子とは付き合うようになった。

「裕福な家庭で真美子は幸福な暮らしをしているとばかり私は思っていました。真美子の話を聞き、申し訳ない気持ちでいっぱいでした」

奈々子も、幼かった真美子も椚田になついていた。しかし、二人の子供を抱えて会社を再興することなどできるはずがない。二人の子供は母親の凛々子に任せるしかなかった。

「私があの時に二人を引き取っていれば、こんなことにはならなかった」

椚田は罪悪感を抱えていた。

会う度に真美子から聞かされたのは、椎名健一、凛々子から受けている屈辱的な仕打ちと冷遇だった。両親の愛情を一身に受ける奈々子への激しい嫉妬だった。

「それがまさか殺人事件に発展するとは、私は考えていませんでした」

栩田と真美子は月に一度は会って食事をしていた。栩田が誘ったのはもっぱらファミレスだった。それでも真美子は喜んでくれた。栩田のしてやれることといえば、真美子の話を真剣に聞いてやることだけだった。

病院での話を聞くと、医療事務の仕事をこなし、患者への対応も献身的だった。しかし、椎名家の話になると、真美子はまったく別人格になり、殺す、始末する、死ねという言葉が頻繁に出てきた。

「家族から一片の愛情も受けられずに、憎しみだけを抱き続けていた。両親について話す時の真美子はぞっとするくらい怖かった。今から思うと真美子は心を病んでいたのかもしれない」

四月二十七日夜、栩田は真美子が友人と一緒に北海道旅行に行ったのは知っていた。真美子から北海道のお土産を楽しみに待っていてというメールをもらった。しかし、いつもの習慣であの晩も椎名家をバイクで一周してから帰ろうと思った。真美子はいないが、ベランダに奈々子が出ているかもしれない。

時間も遅く奈々子の姿を見ることはできなかった。戻ろうとした時、椎名家からガラスが割れる音が聞こえた。後ろを振り返ると一階窓から炎が噴き出しているのが見えた。

「奈々子は私の子供ではありませんが、三歳まで一緒に暮らしていた私の娘です」

椚田は椎名家に飛び込んでいった。以前の椚田のアパートで聴取した時は、火の回りが激しくて二階に上がれなかったと、椚田は証言していた。

「奈々子を助けてやらなければと思い、二階に駆け上がりました」

「その時には病気のことは気がついていたんだな」丹下が確認した。

椚田は「父親らしいことをしてやれる最後の機会だった」と答えていた。

「国立市のがん検診で、すぐに入院しろと連絡を受けていました」

椚田は自分の命が惜しいとも思っていなかったし、それほど長く生きられないことも、その頃からわかっていたのだろう。

奈々子の部屋のドアは開いていた。電気の回路はまだ切れていなかった。部屋の隅にはフロアライトが置かれていた。

「部屋は血の海でした」

すでに三人は死んでいると思った椚田は、一階に下りた。

「その時に熱で割れた照明器具の破片でケガをしてしまった」

椚田は原付きバイクでアパートに戻った。

「日頃から三人を殺したいと真美子が言っていたので、反射的に真美子の犯行だと思いました」

その一方で真美子は北海道に行っている、真美子の犯行でないことを椚田はひたすら願った。

五月三日、椚田の思いは一瞬にして打ち砕かれた。仕事を終えて戻ると、真美子から連絡をもらった。

「殺したいヤツがもう一人いるの」

真美子のこの言葉を聞き、椚田は一家惨殺の犯人は真美子だと確信した。真美子がもう一人殺したい人間が、美津濃澄夫だった。

「美津濃はあの夜、真美子が北側の塀を乗り越えて逃げていくのを目撃していました」

真美子の話では、美津濃は金に困り、奈々子から金を融通してもらうつもりで、椎名家を訪れたようだ。美津濃は椎名家とはまったく縁もゆかりもない生活を送ってきた。それでも奈々子を頼ろうとしたのは、よほど経済的に追いつめられていたからだろう。

「美津濃が何故椎名家の住所を知っていたか、奈々子に金の無心をしようとしたのか、そのあたりの事情は私にはわかりません」

美津濃の口封じを迫られた真美子は、その協力を椚田に求めた。三人が殺された現場を目撃していた栩田は、真美子に自首するように説得をした。しかし、真美子は沸騰する湯のような怒りようで、「それが長年放置してきた娘に対する仕打ちか」と激しく栩田を責めた。

栩田は四日は通常の警備の仕事に就いた。その夜も真美子から電話が入った。

真美子から尋ねられたのは、練炭自殺に偽装して殺すから、人目に付かない場所を知らないかということだった。

「真美子は最寄りの駅までの道のりを聞くような調子でした」

栩田は思いとどまるように説得したが、真美子は聞く耳を持たなかった。美津濃は沈黙の代償として、奈々子の相続分すべてを譲渡するように真美子に迫っていた。

五日、担当するスーパーの店内の警備をしている最中に栩田は倒れた。それまでにも下血したことは何回かあった。病院にもいかず放置したままになっていた。緊急入院した病院で、家族を呼ぶように言われた。一人暮らしだと告げると、がんの可能性が極めて高いと宣告された。二日間緊急入院し、七日にひとまず退院した。

入院中に真美子から電話があった。ホテルに練炭と七輪を運んでもらうわけにはいかないので、栩田に購入してほしいという依頼だった。栩田はその頼みを承諾してしまった。執拗に人目に付かない場所を教えてくれと聞かれ、栩田はついに大垂水峠の林道を教えてしまった。

七日退院後に再び下血が始まった。練炭と七輪が枴田のアパートに届いた。真美子の要求はエスカレートし、雨に濡れても大丈夫なように梱包して、大垂水峠の林道に置いてきてほしいというものだった。さらに美津濃を現場に連れていくので、偽装殺人に協力してほしいと頼まれた。しかし、衰弱がひどくオートバイを運転できるような状態ではなかった。

八日、国立市の病院で検査を受けた。CTスキャン、MRI検査の結果、大腸がん、肝臓への転移が疑われるという診断結果だった。細胞検査をするまでは正式な結果ではないが、末期に達しているだろうという医師の説明だった。即刻入院するように勧められた。

その間にも真美子から頻繁に電話が入っていた。着替えを取りに自宅に戻り、真美子からの電話を受けた。

「このままでは身の破滅。あなたはこれまでの人生で父親らしいことは何一つしてくれなかった。がんでそれほど長く生きられないのなら、生きている間に私の願いを一つぐらいかなえてくれてもいいでしょう」

枴田はそう責められ、八日夜、大垂水峠の林道に練炭と七輪を置いて帰ってきたのだ。

翌九日、さらに下血はひどくなった。病院に着くのと同時に入院手続きが取られた。

しかし、末期で余命半年を宣告され、長生きをしたいとも思っていない椚田は強引に退院してしまった。

その後、美津濃の遺体が大垂水峠林道で発見された。真美子に疑惑の目が向けられているのをマスコミ報道で知り、自宅アパートで療養していた椚田はM警察署に自首してきたのだ。


K大学医学部付属病院での聴取を終え、M警察署に戻る時、横溝が話しかけてきた。

「真美子というのは鬼みたいな女ですね。離婚し、引き取ることができなかったことに罪悪感を持つ父親の弱みにつけ込んで、殺人の協力までさせるなんて」

「美津濃も不運だな。DNA鑑定をした時に椎名家の住所を知ったのだろう。あの晩、椎名家になんか行かなければ、真美子を目撃することもなかったはずだ。法的に奈々子の遺産を請求する権利があるのかどうか知らないが、DNA鑑定書を持っているなら、それを弁護士に見せて相談すれば、あんな山奥で殺されることもなかっただろうに……」

真美子にはすでに尾行が付いている。六本木の高層マンションの一室を現金で購入したようだ。海外旅行をするために旅行社を度々訪れている。

気晴らしに高尾山へ登ったという真美子の証言、そして椚田の証言から、五月九日の真美子のアリバイが徹底的に調べ上げられた。

ヒルトンホテルを午後三時に真美子は出ている。ホテルの従業員によれば、真美子はピンクのウインドブレーカー、登山パンツ、そしてトレッキングシューズに身を固め、大きめのリュックサックを背負っていたという。

京王線新宿駅の改札口を午後三時十五分頃に通過するのが、防犯カメラによって確認されている。三時二十分発の高尾山口行きに乗車したのは間違いない。

高尾山口駅に到着するのは午後四時八分。その後の真美子の映像は、ケーブルカー、リフト乗り場、登山道入り口でも確認されていない。

高尾山口駅からケーブルカー、リフト乗り場、登山道入り口までは、土産物店、レストランが並んでいる。捜査員はそうした店やレストランを片っ端から聞き込みに回った。山菜蕎麦ととろろ蕎麦が名物らしく、いくつもの蕎麦屋があった。

そのうちの一軒に、真美子と思われる女性が、午後五時前に入店していた。写真を見せると、「この女性のような気がする」と若い女性店員は答えた。捜査員はその女性の服装を尋ねた。

「服装ははっきり覚えています。上下ピンクの登山服で、一瞬、林家パー子が入ってきたのかと思いました」

林家ペー、パー子は夫婦のお笑い芸人で、二人ともいつもピンクの衣装を着てテレビに出演している。

店に入ったのは一人で、すぐにはオーダーをしなかった。待ち合わせをしているので、二人揃ったら注文するということだった。十分もしないで男性客が入ってきた。

「五十代ぐらいの方で、この方は山登りの格好ではなく、普段着といった印象でした」

時間的には登山を終えて、軽く食事をして帰宅する観光客が多い。女性は生ビールを注文した。五十代の男性は車を運転するので、ノンアルコールビールだった。二人とも山菜蕎麦を注文したのではないかと若い店員は記憶していた。

最初に生ビールとノンアルコールビールを出した。二人ともお腹が空いていなかったのか食事は控えめで、押し殺した声で話しに夢中だった。男性客が途中で席を立ち、若い女性店員にトイレの場所を聞いた。席に戻ると残っていたノンアルコールビールを飲み干して二杯目を注文した。

それから二人はしばらく話し込んでいた。蕎麦屋を出たのは午後六時半頃ではなかったかと、女性店員の記憶はあいまいだった。

その後、二人の姿が確認されるのは京王線の高架下に設けられた駐車場の防犯カメラ映像だった。一瞬映った映像では、男性がつまずきそうになっていた。

もう一ヶ所、その駐車場には防犯カメラが設置されていた。バーゲート全体が捉えられる位置にカメラが設置されていた。アルトの運転席から駐車場精算機に現金を入れているのは、大き目のマスクをかけた真美子だった。助手席にはリクライニングシートを倒して眠っている美津濃が映っていた。二人の映像はそれが最後だった。

真美子が再び確認できたのは、午後九時五十五分だった。真美子は高尾山口駅前にある日帰り温泉高尾山温泉に入っている。入館受け付けを締め切る直前だった。高尾山温泉のスタッフは午後十一時で営業は終了すると真美子に告げている。

「ピンクの登山服を着た方は、どの登山ルートを登られたのか、泥で汚れ、雑草の種がこびりついていました。下山されたばかりなのか汗もたくさんかかれていました」

真美子は高尾山温泉を閉館時間直前に出て、高尾山口駅から新宿に帰っていった。高尾山口駅の防犯カメラ映像に映った真美子は、ヴァレンチノのスウェットシャツにパンツという姿だった。高尾山温泉で着替えたのだろう。背中にはリュックサックを背負っていた。

五月九日の真美子のアリバイが捜査本部の会議で詳細に報告された。

駒川本部長はこれらの報告を受けて丹下に総括するように求めた。丹下は高尾山周辺の聞き込みに回った捜査員に、

「本当にご苦労さまでした。これで椎名一家惨殺事件の真犯人、そして美津濃澄夫偽装殺人の真犯人を逮捕することができます」

と述べた。

椎名真美子は姉の奈々子が相続した遺産の分与を美津濃から求められていた。

奈々子の実の父親は美津濃であることを知っている真美子は、法律に則って美津濃に財産が渡ることには、何の抵抗もなかった。しかし、二十七日夜、椎名家から帽子をかぶり大き目のマスクをして逃げていく真美子を美津濃は目撃していた。

「欲を出した美津濃は、それをネタにして奈々子が相続する莫大な遺産の乗っ取りを画策した。真美子は遺産を奪われることよりも、三人を殺したのが自分だとばれるのを恐れた。アリバイを作るために北海道旅行を企画し、二十七日午後の便で出発したのもすべて計算の上だった。二人の看護師は夜勤明けで、早めに夕飯をすませ、翌日に備えて部屋に入る。そしてその夜は椎名教授が奈々子の部屋に入るのを真美子は知っていた」

椎名教授は日曜日に奈々子の部屋に必ず入った。月曜日の午前中は授業がない。二十七日は日曜日だ。

新千歳空港から午後九時の便で東京に戻り、すべてを計画通り実行し、翌朝の始発便で札幌に戻った。

「真美子は札幌で悲報を伝えるニュースを見て、被害者の娘といった悲愴な顔をして東京に戻ってきた」

椎名夫婦を殺害したのは松山徹、奈々子は自殺と捜査本部は判断した。真美子の思惑通りに捜査は展開していった。

「想定外は美津濃だった。テレビで放映された真美子の姿を見て、美津濃は北側の塀を乗り越えて出てきたのは真美子だとわかってしまったのだろう」

真美子は疑いの目が自分に向けられるのを恐れて、最初は椚田に美津濃殺しをさせるつもりでいた。しかし、椚田は大腸がん末期で、殺人を実行する体力など残されていなかった。椚田に大垂水峠の林道まで練炭と七輪を運ばせた。

財産分与をエサに真美子は美津濃を高尾山に呼び出した。

「おそらく蕎麦屋で食事中、美津濃がトイレに立った時を見計らって、粉末にした睡眠薬を蕎麦の中か、ノンアルコールビールの中に混入させたのだろう」

松山から奈々子に渡った睡眠薬の存在を警察に知られたらまずいと真美子が持ち出したものだ。

蕎麦屋に一時間半近くも居座ったのは、Z睡眠薬の特徴を真美子は熟知していたからだ。医療事務の仕事とはいえ、添付文書の内容は理解できるはずだ。Z睡眠薬は服用後二時間くらい経過した頃から効き始め、一晩ゆっくり眠れるような効果が期待できる。

「睡眠薬の効果が出始めた頃、真美子は店を出ている。そして美津濃がアルトを止めた駐車場に一緒に向かった」

駐車場に着いた頃には、美津濃はまともに歩くこともできなかった。

「アルトの助手席に美津濃を座らせるとすぐに寝てしまった。真美子は病院から持ち出した手術や患者のケアにあたる時に使用するビニールの手袋をはめアルトを運転した。そして都内ではなく逆方向の相模湖に向かって走り出した」

林道の場所は梱田から詳細に聞いている。林道に入り、梱田が梱包して置いてあった練炭と七輪を取り出した。熟睡している梱田を運転席に移し替え、火を起こした練炭七輪を助手席に置いて、その場を離れた。

国道二十号線を歩いて戻れば、行き交う車のドライバーに目撃される。そのために真美子は二十号線に沿って山中を大急ぎで高尾山口駅に向かった。午後十時までに戻れば、高尾山温泉に入館できる。

「後々警察から追及されることになっても、登山ルートを誤り、ようやく下山できたといえば、高尾山温泉のスタッフが入館した時の様子を語ってくれる。それに美津濃殺人の犯人を真美子は梱田に押し付け、実際梱田は捜査本部に自首してきた」

梱田の犯行と思わせるために、助手席の床にあった広告チラシやセーターを後部座席に移し替えた事実を真美子は梱田に詳しく説明していた。自首してきた梱田はその事実を語り、捜査本部はそれを秘密の暴露と理解してしまった。

丹下の話に、駒川本部長も高寺も下を向いたままだ。真美子が考えたシナリオ通りに捜査本部は動いていたのだ。

「椎名真美子の逮捕状と同時に、ヒルトンホテルのスイートルームの家宅捜索の令状を取り、ピンクの登山服、トレッキングシューズ、リュックサックを押収して、付着している雑草や種を調べれば、あの晩山道を歩いて高尾山温泉まで辿り着いたことは立証できると思います」

　真美子の逮捕令状とヒルトンホテルのスイートルームの家宅捜索の令状が請求された。

エピローグ　成田空港

五月もあと三日で終わる。その日、椎名真美子は一ヶ月近く滞在したヒルトンホテルをチェックアウトした。その直後に、家宅捜索に入った。真美子は部屋に残した衣類やその他のものはゴミとして処分してほしいとフロント係に伝えていた。そのゴミの中にはピンクの登山服やリュックサックがあった。それらのゴミがすべて押収された。

真美子はニューヨークへ向かう便のファーストクラスに予約を入れていた。荷物は前日に宅配便で空港に送りつけている。

チェックアウトをすませると、ヴァレンチノの紺のジャージードレスに白のトップハンドルバッグで、それ以上の荷物は何も手にしていなかった。

ヒルトンホテルに家宅捜索に入った捜査員から逐次丹下に報告が入る。成田空港には丹下、横溝の他にも六人の捜査員が派遣されていた。一時間後には真美子が到着する。真美子はJ航空の便でニューヨークへ向かう。丹下、横溝はファーストクラス専用のチェックインカウンター前で真美子を待った。

丹下、横溝を見て、逃亡することも考えられる。あらゆる事態を想定して捜査員を配置した。タクシーを降りた真美子は軽やかな足取りでカウンターに向かって歩いてくる。

二人の顔を見るなり、真美子の表情が変わる。眉間に深い縦皺を寄せている。二人が空港にまで姿を現していることが腹に据えかねているのだろう。

「先日もうお会いすることはないと言ったでしょう」

真美子は叩きつけるような口調だ。

「もう一度お会いすることになると答えたはずです」

丹下が切り返した。

「こんなところまで何のご用ですか」

「ここではなく我々の車の中でお話ししたいと思います」

丹下は周囲に配慮して答えたつもりだ。

「警察の車になんか乗る気はありません。これからニューヨークに向かいます。それでは失礼します」

真美子はそのままファーストクラス専用のカウンターに進もうとした。その前に横溝が立ちふさがった。

「逮捕状が出ています」

横溝が真美子に見えるように逮捕状を提示した。

「私が何をしたというの」

「椎名健一、凛々子、奈々子、そして美津濃澄夫の四人に対する殺人容疑です」

周囲に配置されていた六人の捜査員も真美子を取り囲んだ。逃げ場はない。

「椎名真美子、殺人容疑で逮捕する」

丹下は手錠を真美子にかけた。

「午後二時二十五分です」横溝が時計を確認し、時刻を告げた。

真美子は雲の上でも歩いているかのように、おぼつかない足どりで警察車両に向かった。後部座席に丹下と横溝に挟まれ、悔しいのか唇を噛みしめたまま無言だ。そのままM警察署に連行された。

聴取は丹下と横溝に一任された。取調室に入れられた真美子は手錠を外された。

「無罪だと言っているでしょう」

真美子は丹下に飛びかかってきそうな勢いで言った。真美子はまだウソが通用すると思っているようだ。

「あなたが真犯人だという物的証拠を我々はつかんでいます」

「そんなもの、でっち上げに決まっている。弁護士を呼んでください」

「呼ぶのはかまいませんが、取調べに立ち会うことはできません」

取調室の隅でパソコンのキーボードを叩きながら横溝が答えた。

「よく聞きなさい」

丹下は自分の娘を諭すように言った。

「君が犯人だという物的証拠があると言ったでしょう」

「そんなものがあると言うなら、見せなさいよ」

荒れ狂う真美子を冷静にさせるには、証拠を突きつけるしかないようだ。

「例の写真見せてやってくれるか」

横溝が大きく引き伸ばされた一枚の写真を真美子の前に置いた。凛々子の右頸部が写っている。

「この写真がどうかしたの」

苦悶の表情を浮かべる凛々子の写真を見ても、真美子は顔色ひとつ変えなかった。

「首のところに青い痣がありますね。それは犯人が首を絞めた時にできた内出血です。その下に爪が食い込んだと思われる痕が残されています」

「それがどうかしたの」

「防御創といいますが、凛々子さんが苦しみのあまり、犯人の手をのけようとして親指を差し込んだ時にできた傷かと思いました。でもそれならば蒲鉾型というか、逆U形に爪痕は残るはずです。ところが凛々子さんに残されていたのはC形をしています。この形の爪痕を残せるのは凛々子さんの首を絞めた犯人しかいません」

「ＵかＣか知らないけど、私とその爪痕と何の関係があるというのですか」

丹下は真美子に取り合わず先を進めた。

「犯人は痣が残るほど親指に力を込めていました。全体重を載せるようにして首を圧迫したのでしょう。当然他の四本の指にも力を込めています。しかし、爪痕は親指しか残されていませんでした。それで爪痕は凛々子さんのものではないのかと、我々は見誤ってしまいました」

何故親指の爪痕だけが残されていたのか。犯人は手袋をはめていた。それは防寒具の手袋などではない。指紋を残さずに、しかも自由に五本の指を動かせるものでなければならない。

「あなたの勤務している武蔵小金井総合病院の総務課を捜査して判明したことがあります。医療用の手袋が一箱紛失しています」

「私が盗んだとでも言いたいのですか」

「その通りです」

羽田から戻り、そっと開錠して自分の部屋に入った。キッチンに松山から贈られた包丁セットがあるのを知っていた真美子は、病院から盗んだ手袋をはめ、出刃包丁を握って自室にこもった。

「奈々子さんのパソコンのログインインパスワードを知っていたあなたは自分の部屋

から遠隔操作で奈々子さんのパソコンを起動させ、部屋の様子を松山に見せるためチャット回線を松山とつなげた」

「それで」

ふてくされた態度で、丹下に先を説明させた。

奈々子の部屋に椎名健一が入り、上着を脱ぎ始めたところまでチャット画面で映し、椎名が奈々子に襲いかかる寸前でチャット画面を切断した。

「椎名健一が奈々子さんの部屋に入る夜、凜々子さんは絶対に二階には上がってこない。それを知っていたあなたは、出刃包丁をアイスピックグリップで握りしめ、睡眠薬を服用し、朦朧としている奈々子さんに襲いかかる椎名に何度も出刃包丁を振り下ろして殺害した」

「そんな空想をよく言えますね。私は札幌にいたと何度言えばわかってもらえるのですか」

「いいえ、あの晩、あなたは確かに自宅に戻っていました。あなたから椚田と親子関係を証明するために髪の毛をいただき、ＤＮＡ鑑定に回しました。凜々子さんの首を絞める時、力のあまり親指の爪の先端部分が手袋を破ってしまった。そのために爪が凜々子さんの首に直接突き刺さり、あなたの爪の一部がその傷口に残されたのです」

高橋教授も違和感を覚えたのか、爪痕が残された凜々子の右頸部の皮膚片を削ぎ取り保管していたのだ。顕微鏡で丹念に調べているうちに、微細な爪の破片が残されていたのを発見した。その爪と髪のＤＮＡが完全に一致したのだ。

真美子はもはや逃げられないとようやく悟ったようだ。熱にうなされる患者のようにぶるぶると震え始めた。唇はチアノーゼを思わせるような紫色で、顔色は蠟のように蒼白だった。

「椎名教授を刺し殺した直後、玄関で争う音が聞こえた。あなたは出刃包丁を握ったまま自室にこもった」

松山が制止しようとする凛々子を突き飛ばして、二階に上がってきて、椎名教授が死んでいるのを目撃する。

その後を追うようにして、凛々子が二階に上がってきた。凛々子は二ヶ所を刺されていた。

「自分の部屋に潜んでいたあなたは凛々子さんの腹部、胸部を刺した」

しかし、ガウンを着ていたために致命傷になるほど深く刺すことはできなかった。

何が起きているのか、理解できずに混乱した松山はその場から逃走した。

「松山徹が逃げたのを確認したあなたは凛々子さんの首を絞めて殺害した。その時にあなたの爪の一部が凛々子さんの首に残されたのです。それ以外はすべてシナリオ通りだった。義父と奈々子さんとの間には肉体関係があった。それを母親は黙認していた。事実を知って松山は逆上し、二人を殺害した。奈々子さんの手首をカッターナイフで骨に達するまで深く切り込んだ。

婚約者にすべてを知られ自ら死を選んだ——そうとでも言えば、あなた自身は疑われることはないと確信していた。自分の部屋で血の付いた衣服を脱ぎ、素早く着替えた。包丁と血を吸った衣服を持って椎名教授の書斎に入り、書籍を集めて火を放ち、家を飛び出した」

真美子は相変わらず体を震わせ、それ以上の聴取は困難だった。丹下はその日の聴取はそこで切り上げた。真美子が留置場で自殺をする可能性もある。二十四時間監視するようにした。

翌日午前九時から聴取を再開した。一晩おいたのは真美子に冷静になってもらうためだ。

真美子は朝食も摂らなかったようだ。取調室に連れてこられた真美子は、成田空港で見かけた時とは別人に見えた。

一晩中眠れなかったのだろう。目が充血し眼窩《がんか》は落ちくぼんでいた。さらに丹下と横溝が顔を見合わせ驚いたのは、たった一晩なのに真美子の髪に白髪が混じっていたことだ。

「あなたが両親を殺したいほど憎んでいたのはわかる。しかし、何故姉の奈々子さんまで殺す必要があったのか、そのわけを話してほしい」

「姉ですって。両親と一緒になって私を踏みつけにしてきたあいつが姉であるはずがないでしょう」

真美子は奈々子に対しても憎悪しか抱いていないようだ。激しい口調で奈々子を罵った。昨晩とは変わり老人のようなしゃがれた声になっていた。

両親に成績のことでなじられた真美子は、奈々子に勉強を教えてもらおうとした。何度か教えてもらっていると、奈々子も声を荒らげるようになった。

「なんでこんな簡単な問題が解けないの。さっき教えたばかりでしょう」

姉からも勉強のことで罵倒され続けた。あげくの果てには凛々子と同じような言葉を奈々子は投げつけてきた。

「同じ父親、母親から生まれてるのに、なんでこんなに違うの」

真美子は自然と姉も避けるようになった。両親の関心は奈々子に集中した。

時折家の周りを徘徊する男性がいることは奈々子から聞いて知っていた。その男が椚田だった。椚田と知り合い、血液型から奈々子の父親が椚田でないことを知った。

「母親を問いつめて名前を聞き出した。それから奈々子の父親がどんな男なのか、探偵社を使ってこっそり調べたよ。そうしたら新宿ゴールデン街の小さなバーの経営者だった。母親からは父親は実業家だと聞かされていた。私の父親は実業家かもしれないけど、あんたの父親は飲み屋のマスターだよと奈々子に教えてやった」

奈々子はその事実が信じられなかった。病院勤務をしていた真美子はＤＮＡ鑑定会社を奈々子に紹介した。鑑定結果は父と娘だった。奈々子は育ての父親から性的虐待を受けていた。戸籍上の父親も実の父親ではなかった。母親は若い頃、どんな暮らしぶりだったのか、奈々子には想像がついた。打ちひしがれる奈々子を見て、真美子は自分を慰めていたのだろう。

「姉は私から一つずつ大切なものを奪っていったのよ。松山徹だって本当は私が結婚すべき相手だった。それを平然と奪っていくの、彼女は。いっつもそうだよ」

「あなたが椎名教授を刺したのを、奈々子さんは朦朧としながらも見ていたはずです」

「そうよ、あいつの意識ははっきりしていたよ。だから教えてやったんだ、チャット画面を開いて、薄汚いオヤジに抱かれるところを松山に見せてやったと。もうすぐこの部屋にやってくることも教えてやったんだ。涙流しながら泣いていたよ。冗談ではない。私はあいつの何十倍、いや何百倍何千倍という涙を、隣の部屋で流してきたんだ」

「何の罪もない松山徹に罪をかぶせて何とも思わないのか」

丹下も思わず大声を張り上げた。

「罪がないだって。私が気に入らないのであれば、それで縁談を断っていればこんなことにはならなかった。なんでよりによって奈々子と付き合いたいなんて言い出すのか、非常識だよ。私と結婚していれば、小さなクリニックぐらいすぐに開けたんだよ」

真美子は自分勝手な理屈を平然と並べた。

奈々子の遺産の相続権を主張し、事件当夜の真美子を目撃したと脅迫し、沈黙の代償を要求する美津濃も、何のためらいもなく真美子は殺すことを決意している。その殺人に真美子の身を案じ、父親としての贖罪意識を持つ椚田に殺人の協力を強要している。

大腸がん末期で殺人ができないと知ると、真美子は平然と美津濃殺しの罪を椚田に負わせている。

「そのくらいのことをしてもらってもかまわないでしょう。あの人は父親として何もしてくれなかったし、私の罪の一つぐらいかぶってくれてもバチはあたらないでしょう」

胃液が込み上げてくるような理屈を真美子は並べた。

二人でささやかな食事をしていた時期もあった。その関係は真美子の気まぐれだったのだろうか。

「あの晩、椚田さんは家に上がり込んで、三人を見ている。日頃から家族への怨みを口にしてきた私の仕業だとすぐに気がついた。電話をかけてきて、何の罪もない奈々子まで何故殺したんだと、最初に怒鳴られた。奈々子に罪がないわけないのに、あの人にとっては奈々子も自分の娘だったんだろうね。かばうべきは奈々子ではなく、真っ先にこの私でしょう。最後に自首しろって喚き散らしていた」

それでも真美子を逃がしてやりたいと思ったのか、美津濃殺しの罪をかぶろうとした。そんな椚田の思いを真美子はまったく理解していなかった。

「私が逮捕されるってわかっているのに自白してしまうのだから、あの人もろくな父親ではないよ」

「椚田は簡単に事実を自供してくれたわけではありません。誤っていると思いますが最後まで自分がやったことだと言い張っていました。事実を述べる契機となったのは、何の罪もない松山徹に殺人の罪が科せられることを思い、自供を決意してくれたのです」

ヒルトンホテルに残されていた登山服からは、大垂水峠に生息する雑草の種がこびりついているのが確認された。また大垂水峠の山中から、真美子が履いていたトレッキングシューズの足跡も採取された。

真美子が四人を殺害したのは紛れもない事実だった。丹下はその日の聴取を終えようと思った。その前に横溝にも聴取させようと思った。

「お前からも聞きたいことはあるか」

「はい。一点だけ私にも聞きたいことがあります」横溝がパソコンのキーボードを叩く手を休めて、椅子から立ち上がった。

「あなたの自白を聞いていて納得できないことがあります。あなたは母親の再婚によって、二歳の時にすべてを手にしています。あなたは何の不自由もなく成長してきたはずです。両親は与えてくれなかった、姉が奪っていったと、自供しています。何もかも恵まれているのに、そんなにまでして、何を手に入れたかったのですか」

　真美子はカッと目を見開き、横溝を睨みつけた。

「九九パーセント満たされていても、私が本当に必要としているたった一パーセントを親は与えてくれなかった」

「だから四人もの人間を殺したというのですか」

「そうよ、その一パーセントは生きていく上で、最も大切なものなのよ。ひとかけらでよかった、ホンモノの愛情なら」

「そんな大切なものは親だって与えることはできない。その大切な一パーセントは誰からも与えてもらうことはできないもの。だからそれを自分の力で手に入れようと皆必死に生きているのに、恥ずかしくないのですか」

「何故恥ずかしいのよ。意味がわからないわ」

「あなたに九九パーセントを捨てる勇気があれば、その大切な一パーセントを手に入れる方法が理解できたのかもしれません。一パーセントが欲しかったと言いながら、九九パーセントを捨てる勇気がなかっただけではありませんか」

「あんたなんかに私の気持ちはわからないわ」

「ええ、わかりません。いずれ裁判員裁判の法廷であなたは裁かれることになります。あなたに共感してくれる裁判員は一人もいないでしょう」

丹下も横溝も真美子の聴取にボロ雑巾のように疲れきっていた。北海道に旅行に行き、その日の夜には東京に戻っていた。椎名真美子は計画を練り上げて実行に移した。一見手の込んだ犯行にも思えるが、実際には緻密さを欠いている。真美子の心に蓄積した家族への憎悪は自分ではもうどうすることもできなかったのだろう。


M警察署の小会議室で記者会見が開かれた。

会議室前方に会議用の机が置かれ、駒川本部長と高寺刑事が座った。

駒川本部長は昨日、椎名健一、凛々子、奈々子の三人、そして美津濃澄夫の四人を殺害したとして、椎名真美子を逮捕したと発表した。会見場が一斉にざわめき始めた。記者たちは椚田の身柄が地検に送られ、松山徹が送検されるとばかり思っていたのだ。

その予想を覆し、椎名真美子の逮捕だ。しかも四人も殺害している。事情がわからずに記者から突き上げを食らっている。

「これまでの記者発表とはまったく違う。何故こうした結果となったのか詳細に説明してほしい」

当然の要求だ。

その経緯を説明するというのは、駒川の捜査が誤っていたと明らかにすることでもある。

後ろの方で記者会見の様子を見ていた横溝が呟く。

「針のむしろですね」

仕方ない。捜査というのは結果だけが求められるのだ。

「丹下さん、一つ聞いてもよろしいでしょうか」

「左遷刑事ってニックネームをつけたのは、竹沢署長のようですが、どんな経緯があったんですか」

丹下はその理由を横溝に語った。

「そんなことがあったんですか」

竹沢は将来警視総監になると見られていた。児童誘拐事件では捜査方針を巡って丹下と激しく対立した。誘拐事件は解決したが、人質の命は奪われた。竹沢は自分の非を認め、責任を取り、出世コースから離脱した。

左遷刑事というのは丹下のことでもあり、竹沢のことでもあった。それでも竹沢の実力は高く評価され、いずれは本庁に戻ると見られている。それを知っているから捜査ミスを強く竹沢から指摘されても、駒川本部長は何も言い返すことができなかったのだ。

「竹沢署長も丹下刑事もまさに職人刑事なんですね。私も高寺さんのように出世に目がくらんだチョウチョ、トンボ刑事ではなく、職人を目指します」

竹沢は本庁の高寺を「チョウチョ、トンボ」となじった。しかし、誘拐事件で、人質の生命を軽んじる竹沢に思いあまって丹下が投げつけた言葉だった。

誘拐事件の犯人が逮捕され、捜査本部が解散した時、竹沢が丹下に言った。

「チョウチョ、トンボ刑事、心して拝命する」

「私も左遷刑事の名に恥じないような刑事になろうと思う」

丹下はそう答えた。

「それでは職人らしく、また真美子の聴取を始めるとするか」

二人は記者会見場から離れ、取調室に向かった。

本作品は当文庫のための書き下ろしです。
本作品はフィクションであり、実在の個人・団体などとは
一切関係がありません。

文芸社文庫

予断捜査

二〇一九年四月十五日　初版第一刷発行

著　者　麻野涼
発行者　瓜谷綱延
発行所　株式会社　文芸社
〒一六〇-〇〇二二
東京都新宿区新宿一-一〇-一
電話　〇三-五三六九-三〇六〇（代表）
〇三-五三六九-二二九九（販売）

印刷所　図書印刷株式会社
装幀者　三村淳

ISBN978-4-286-20824-4